हिन्द पॉकेट बुक्स

श्री श्री रविशंकर

निर्मल जीवन का रहस्य

रेजीना बॉन्सल का जन्म 1960 में हुआ। वह श्री श्री रवि शंकर की पहली जर्मन शिष्याओं में से है तथा 'आर्ट ऑफ़ लिविंग' जर्मनी की संस्थापक सदस्य हैं। 1990 के दशक के अंत में योग व ध्यान शिक्षिका के रूप में अपना प्रशिक्षण समाप्त करने के बाद वह 'आर्ट ऑफ़ लीविंग' कार्यशालाओं का नेतृत्व करने लगीं और फाउंडेशन के कार्यों में हर संभव सहायता देने लगी। वे यूरोप में 1994 से तथा रशिया में 2008 से श्री श्री रवि शंकर के संगठनों के, सेमिनार नेताओं के प्रशिक्षण की देखरेख का कार्यभाल संभाल रही हैं।

AF669581

श्री श्री रविशंकर

निर्मल जीवन का रहस्य

अपने जीवन को श्रेष्ठ बनाना सीखें!

रेजीना बॉन्सल

हिन्द पॉकेट बुक्स
पेंगुइन रैंडम हाउस इम्प्रिंट

हिन्द पॉकेट बुक्स

यूएसए | कैनेडा | यूके | आयरलैंड | ऑस्ट्रेलिया
न्यू ज़ीलैंड | भारत | साउथ अफ़्रीका | चीन | सिंगापुर

हिन्द पॉकेट बुक्स, पेंगुइन रैंडम हाउस ग्रुप ऑफ़ कम्पनीज़ का हिस्सा है,
जिसका पता global.penguinrandomhouse.com पर मिलेगा

पेंगुइन रैंडम हाउस इंडिया प्रा. लि.,
चौथी मंजिल, कैपिटल टावर -1, एम जी रोड,
गुड़गांव 122 002, हरियाणा, भारत

पेंगुइन
रैंडम हाउस
इंडिया

प्रथम हिन्दी संस्करण हिन्द पॉकेट बुक्स द्वारा 2012 में प्रकाशित
यह हिन्दी संस्करण हिन्द पॉकेट बुक्स में पेंगुइन रैंडम हाउस द्वारा 2022 में प्रकाशित

10 9 8 7 6 5 4 3 2

इस पुस्तक में व्यक्त विचार लेखक के अपने हैं, जिनका यथासंभव तथ्यात्मक सत्यापन किया गया है, और इस संबंध में प्रकाशक एवं सहयोगी प्रकाशक किसी भी रूप में उत्तरदायी नहीं हैं।

ISBN 9789353492830

मुद्रकः रेप्रो इंडिया लिमिटेड

www.penguin.co.in

FSC
www.fsc.org
MIX
Paper from responsible sources
FSC® C047271

This is a legitimate digitally printed version of the book and therefore might not have certain extra finishing on the cover.

विषय सूची

प्रस्तावना

श्री श्री रवि शंकर से मेरी पहली भेंट, सन् 2006 में, बंगलौर में 'वैश्विक परिदृश्य में मानवीय मूल्य व नीतियां' नामक कांफ्रेंस में हुई, जहां 'आर्ट ऑफ़ लिविंग फ़ाउंडेशन' की पच्चीसवीं वर्षगांठ मनाई जा रही थी। मुझे रेगीना बॉनसल द्वारा आमंत्रित किया गया था। मैंने वहां जो भी अनुभव किया, वह मेरी कल्पना से भी कहीं परे था; श्री श्री वर्षों से अपने संगठन के माध्यम से जो मानवतावादी सहायता देते आ रहे थे, वह वास्तव में अतुलनीय थी।

मेरा फ़ाउंडेशन उनकी परियोजनाओं 'यूरो ए डे' और 'यूथ विद द विज़न' को प्रायोजित करता है, जो कि अपने आप में उदाहरणीय है। 'हेल्प टू सेल्फ़ हेल्प' सचमुच इस बुनियादी नियम को संतुष्ट करने के लिए कोई अधिक प्रयत्न नहीं करना पड़ता। मैं तो उस विद्यालय में जा कर अभिभूत हो उठा, जहां प्राचीन वैदिक ग्रंथों का उच्चारण आधुनिक स्कूली शिक्षा का अंग है। यह पारंपारिकता व आधुनिकता के मेल का प्रभावी उपाय है।

यही कारण है कि मुझे इस पुस्तक की प्रस्तावना लिखने में अतीव हर्ष का अनुभव हो रहा है। इस आंदोलन के प्रमुख उद्देश्य यही हैं कि मानवीय मूल्यों के पुनः जागरण व संरक्षण के साथ-साथ वैश्विक जगत के साथ भी श्रेष्ठ सह-अस्तित्व का सृजन हो सके – यह हमारे समय के ख़ास विषयों में से है। संगठन अपने लक्ष्यों तक पहुंचने के लिए, तनाव को घटाने वाले विविध श्वसन व ध्यान कार्यक्रमों तथा असंख्य मानवतावादी परियोजनाओं के लिए सामाजिक गैर-लाभकारी कार्यक्रमों को अपना माध्यम बनाता है।

मानवीय मूल्यों को जाने व समझे बिना हमारा एक साथ रहने का प्रयास फलीभूत नहीं हो सकता। ये मूल्य सार्वजनीन हैं। मैंने स्वयं दुनिया-भर के संगीतज्ञों के साथ कार्य करते हुए इस तथ्य को अनुभव किया है। हमारी विभिन्न पृष्ठभूमियों के बावजूद हमारे वाद्य-यंत्रों को सदा एक सुर व ताल में पिरो कर, संगीत दे पाना बार-बार संभव हो पाता है।

– **पीटर मैफ़े**

परिचय

हम अपनी पहली सांस के साथ इस संसार में आए हैं और अंतिम सांस के साथ इस संसार से चले जाएँगे। इस पहली और अंतिम सांस के बीच ही हमारा जीवन छिपा है। जब हमारे भीतर मौन, आंतरिक शांति और आध्यात्मिक स्वतंत्रता की इच्छा उत्पन्न होती है, तो वह इच्छा उस यात्रा की सूचक होती है, जो हम अपने ही स्रोत की तलाश में आरंभ करते हैं।

वर्षों से भी अधिक समय पहले, यही जिज्ञासा व इच्छा मुझे अध्यात्म के पथ पर ले आई थी। मैं अपने सीमित बोध और सीमाओं से ऊपर उठ कर कुछ ऐसा करना चाह रही थी, जो मेरे व्यक्तिगत जीवन से कहीं परे होता। युवावस्था के आरंभ से ही मेरे भीतर एक अलग तरह की बेचैनी थी। मारबर्ग में; 1987 के शरद् में, श्री श्री रवि शंकर जी से हुई पहली ही भेंट में वह असहजता और बेचैनी समाप्त हो गई, मुझे अपने भीतर एक ऐसे विस्तार का अनुभव हुआ, जिसे मैं पहले-पहल शब्दों में प्रकट नहीं कर सकी। हालांकि वह सब काफ़ी अस्पष्ट था – मौन और विस्तार और फिर मैं अपने व्यवहार के पुराने

ढांचे में लौट आई। मैंने अपने तार्किक मन पर विश्वास रखना जारी रखा, परंतु मेरे भीतर ही भीतर कोई चिंगारी पड़ चुकी थी।

अपने मन पर ही विश्वास रखने वाली महिला के रूप में मेरे लिए इसकी स्वाभाविक सीमाओं को अनुभव करना काफ़ी पीड़ादायक था। मैं जो कुछ भी अनुभव कर रही थी या मेरे साथ जो भी घट रहा था, मेरा मन उसकी व्याख्या कर पाने में अक्षम था। आज मैं आपसे जिस पथ की बात कर रही हूँ, मैंने उस पर क़रीब पच्चीस वर्ष की आयु में क़दम रख दिया था।

मैंने योग के माध्यम से अपने आध्यात्मिक अभ्यास में प्रवेश किया। मैं शरीर, श्वास और फिर मौन से आरंभ करते हुए ध्यान तक पहुँची। आज मैं योगासन, प्राणायाम, सुदर्शन क्रिया (एक ओजस्वी श्वसन प्रक्रिया) व ध्यान के बिना अपने जीवन की कल्पना तक नहीं कर सकती।

मौन व सजग भाव से विचारों को आने-जाने दें और उनका निरीक्षण करें। दिन-पर-दिन, साल-दर-साल और बार-बार सब कुछ हमेशा नया और ताज़ा होगा। इसमें कुछ भी अचरज नहीं है, क्योंकि यही तो हमारी प्रकृति है। मैं जो कुछ भी घटता है, उसे देखती हूँ और इन घटनाओं की साक्षी बनती हूँ।

ये व्यायाम मुझे स्वयं तथा ईश्वर से एकाकार होने व संपर्क स्थापित करने में सहायक होते हैं। यह दिन का आरंभ करने का एक अद्भुत तरीक़ा है। इन्हें करने के बाद मुझे लगने लगता है कि मैंने पहले ही वह सब कर लिया है, जो मुझसे करने की अपेक्षा की गई है। मैं इसी सहजता और विनय के साथ अपने दिन का शुभारंभ करती हूँ। विश्वास का संबंध दिमाग़ से है; श्रद्धा का संबंध दिल से है और ध्यान इन दोनों को एक साथ लाने का काम करता है।

आध्यात्मिकता का कोई अर्थ नहीं, यह तो अपने ही घर, यानी अपने ही स्रोत तक लौटने की यात्रा है। आध्यात्मिक ज्ञान, रोज़मर्रा के जीवन में सामने आने वाले छोटे-बड़े संकटों का सामना करने का साहस देता है। जब हम स्वयं को तनाव से मुक्त कर सकते हैं, तभी अपने भीतर प्रस्फुटन की अनुमति दे पाते हैं।

प्रेम नामक तत्व से हमारी रचना हुई है। जिस तरह दर्पण पर छाई धूल की हलकी-सी परत हमें हमारी साफ़ छवि नहीं देखने देती, उसी तरह तनाव भी हमारे सच्चे स्वरूप को सामने नहीं आने देता। हम श्वास के माध्यम से रोज़मर्रा के जीवन पर छाई इस धूल को झाड़ सकते हैं।

पूर्वी परंपराओं में हज़ारों वर्षों से श्वसन व्यायामों का प्रचलन रहा है, यद्यपि पश्चिमी सभ्यता भी इनसे पूरी तरह अनभिज्ञ नहीं है। बस, व्यक्ति को क्रिश्चियन आध्यात्मिक रीट्रीट एक्सरसाइज़ के बारे में सोचना होगा।

श्वास अर्थात जीवन! अपनी ही श्वास के साथ शामिल हो और आप आश्चर्य में पड़ जाएँगे – आप प्रत्येक भीतर जाती सांस के साथ ऊर्जा ग्रहण करते हैं और बाहर आती श्वास के साथ सारा तनाव, संघर्ष, चिंताएँ व पीड़ा बाहर फेंक देते हैं।

हमारे व्यक्तित्व के नीचे एक महीन परत है, जिसे हम अध्यात्म की परत कहते हैं। हम इस गहनतम परत तक पहुँच कर बड़ी आसानी से अपने बाहरी व ऊपरी स्तरों को भी प्रभावित कर सकते हैं। श्वास में ही वह शक्ति छिपी है, जो उस आंतरिक परत से हमारा संपर्क साध सकती है। यही कारण है कि सभी आध्यात्मिक परंपराओं में श्वास पर इतना ध्यान दिया जाता है। आरोग्य सदा भीतर से

बाहर की ओर ही संभव हो पाता है। आध्यात्मिक तनाव प्रबंधन के संपूर्ण पक्ष में भी इसका महत्व है – शरीर से श्वास और फिर ध्यान! प्रतिदिन कुछ मिनट के अभ्यास से ही संपूर्ण कौशल व सफलता पा सकते हैं।

मैं इस पुस्तक के माध्यम से श्री श्री रवि शंकर जी के पद्धतिबद्ध आध्यात्मिक तनाव प्रबंधन कार्यक्रम का परिचय देना चाहूँगी, जो कि उन कोर्सों पर आधारित है; जो 'आर्ट ऑफ़ लिविंग फ़ाउंडेशन' द्वारा संचालित किए जाते हैं। यह अपने पांच स्तंभों के माध्यम से आध्यात्मिक वृद्धि के प्रत्यक्ष पथ को रेखांकित करता है। वे हैं – श्वसन व्यायाम, योगासन, ध्यान, बुनियादी आध्यात्मिक नियमों की जानकारी व सामाजिक मानवतावादी कार्यों में सक्रिय भाव से योगदान देने के लिए निःस्वार्थ सेवा भाव; यह आपकी भीतरी खिलावट का प्रतीक है।

निर्देशित ध्यान, ध्यानी साधकों व प्रारंभिक साधकों को यह अवसर प्रदान करता है कि वे अपने ही मौन का अनुभव कर सकें। ध्यान हमारे बाहरी पक्ष का आंतरिक पक्ष से सामंजस्य बनाते हुए, इस पुस्तक में दिए आध्यात्मिक ज्ञान को प्रत्यक्ष अनुभव के लिए उपलब्ध कराता है, फिर आप जीवन को एक नए नज़रिए और सहज भाव से देखने लगेंगे। प्रतिदिन थोड़ा समय निकालें और ध्यान दें कि अभ्यास के दौरान कोई आपका ध्यान भंग न करे। इस दौरान अपनी सारी मेल-मुलाक़ातों को भूल जाएँ। इसके लिए किसी ख़ास तैयारी की आवश्यकता नहीं होगी, बस, एक ऐसा स्थान चाहिए, जहाँ आप रीढ़ की हड्डी सीधी रखते हुए बैठ सकें।

श्वास के उचित तालमेल के साथ किया गया ध्यान तनाव

प्रबंधन व अपने ही विचारों को शांत व नियंत्रित करने का सबसे महत्वपूर्ण साधन है।

मैं वर्षों से आर्ट ऑफ़ लिविंग कोर्स के माध्यम से श्री श्री रवि शंकर के संपूर्ण तनाव प्रबंधन कार्यक्रम का शिक्षण करती आ रही हूँ, मैं ऐसे अनेक गंभीर तनाव व अवसादग्रस्त व्यक्तियों की साक्षी रही हूँ, जो इस कार्यक्रम के अंतिम सत्रों में सहज व आनंदपूर्ण दिखाई दिए। यह सब वास्तव में मेरे दिल को छू लेने जैसा होता है। मैं इन सब अनुभवों के लिए आभारी हूँ, जो यह दर्शाते हैं कि कोई भी व्यक्ति भीतर से जीवन के प्रति दृष्टिकोण में बदलाव लाते हुए किस तरह परिवर्तित हो सकता है, यद्यपि बाहरी रूप से परिवर्तन आने में थोड़ा समय लगता है। हमारे अपने ही अस्तित्व की स्थिरता में आंतरिक प्रक्रिया घटती है।

तो इसके लिए हड़बड़ाहट न मचाएँ, पूरे आनंद के साथ प्रतीक्षा करें, आप निश्चित रूप से इसका फल पाएँगे।

आप भी वह सब पा लेंगे, जो मैंने श्री श्री की शिष्या के रूप में बीस वर्षों से भी अधिक समय से योगदान देते हुए पाया। मुझे लगता है कि आपके साथ श्री श्री का प्रत्यक्ष संवाद कहीं बेहतर उपाय रहेगा, ताकि आप भी उनके ज्ञान व प्रज्ञा का प्रत्यक्ष अनुभव कर सकें।

व्यक्तित्व के स्तर पर अपने लिए कार्य करना बहुत लाभदायक और अनिवार्य होता है, यद्यपि कार्य का आध्यात्मिक पहलू ही आपको जीवन में सुंदरता, आनंद व प्रचुरता की खिलावट का अवसर देगा। प्रिय पाठकों, यह यात्रा आपको कहाँ ले जाएगी, मैं आपको यह नहीं बता सकती, किंतु मेरे मामले में तो यह मुझे थोड़ा-थोड़ा मेरी अपनी आत्मा और ईश्वर के निकट ले गई है।

अध्याय 1

श्री श्री रवि शंकर का दर्शन

संपूर्ण जीवन का सार,
स्नेह व प्रेम सभी जीवों के प्रति
करुणा व देखरेख में ही
प्रकट हो पाता है।
किसी सहायतामंद व्यक्ति की
सहायता करना
हमारा आंतरिक स्वभाव है।

श्री श्री रवि शंकर कौन हैं?

श्री श्री रवि शंकर आधुनिक युग के एक ऐसे संत हैं, जो असीमित रूप से लोगों के लिए उपलब्ध हैं। वे कोई औपचारिक भेंट के घंटे नहीं रखते और न ही आपको उनसे मिलने के लिए कोई विशेष व्यक्ति होना अनिवार्य है। वे अपनी यात्राओं, व्याख्यानों, सेमीनारों व आध्यात्मिक केंद्रों में लोगों से मिलते हैं – चाहे वे अपने बंगलौर (भारत) के प्रमुख आश्रम में हों या फिर मांट्रियल (कनाडा), लॉस एंजेल्स (यूएसए) या फिर ब्लैक फॉरेस्ट (जर्मनी) में या एंटोगास्ट के यूरोपियन केंद्र में हों। ये सभी सभ्यताओं व परंपराओं से आने वाले लोगों के मिलन स्थल बन गए हैं। वे चाहते हैं कि समाज में मानवता के प्राचीन ज्ञान को एक बार फिर से पुनर्जीवित किया जाए। उनके शिष्य उन्हें श्री श्री के नाम से पुकारते हैं, औपचारिक रूप से भी इस आदरसूचक उपाधि का प्रयोग किया जाता है। वे एक आधुनिक तथा विनीत व्यक्ति हैं।

श्री श्री रवि शंकर का जन्म 13 मई 1956 को दक्षिण भारत में तमिलनाडु राज्य के एक गांव, पापनाशम में प्रतिष्ठित परिवार में हुआ। वे चार वर्ष की अल्पायु से ही भगवद्गीता का पाठ करने लगे थे, आठ वर्ष की आयु में उन्होंने शास्त्रीय वैदिक साहित्य का अध्ययन आरंभ किया और सत्रह वर्ष की आयु में पारंपरिक वैदिक साहित्य के साथ-साथ प्राकृतिक विज्ञान की शिक्षा भी संपूर्ण कर ली।

आर एस वी रत्नम् (उन्हें सब पिता जी भी कहते हैं), अपने पुत्र के बालपन के बारे में पूछे जाने पर बड़े आनंद से वह प्रसंग सुनाते हैं कि किस तरह नन्हे रवि शंकर को शरारतें करना अच्छा लगता था। एक दिन पिताजी अपने ऑफ़िस की मीटिंग में पहुंचे और अपना बैग खोला, तो उसमें ऑफ़िस के काग़ज़ों के बजाए खिलौने निकले। उनके सहकर्मी दिल खोल कर हंसे। श्री श्री आज भी अपने बारे में यही कहते हैं कि वे एक ऐसे बालक हैं, जिसने बड़े होने से इंकार कर दिया है।

जब मां के बार-बार आग्रह करने पर रवि शंकर फुटबॉल खेलने पहुंचे, तो नन्हे लड़के ने अपने पैरों को देखकर निष्कर्ष निकाला 'ये पांव किसी को ठोकर नहीं मार सकते, यहां तक कि फुटबॉल को भी नहीं!' और उन्होंने वहां जाने से इंकार कर दिया।

श्री श्री युवावस्था से ही प्राचीन वैदिक ज्ञान व परस्पर प्रेम के सन्देश को प्रचारित करने के लिए कटिबद्ध हो गए थे। वे प्रायः अपने मित्रों से कहते – 'एक दिन मैं पूरे संसार की यात्रा करूंगा, लोग हर जगह मेरी प्रतीक्षा कर रहे हैं।'

युवा रवि शंकर में आरंभ से ही नेतृत्व करने की योग्यता व क्षमता थी। उनकी दयालुता व सहायक स्वभाव के कारण कई बार बड़ी आयु के शिष्य व यहां तक कि अध्यापक भी उनसे परामर्श लेने आते। पिता जी याद करते हैं कि किस तरह उन सबको लगता था कि रवि शंकर उनके भार को काफ़ी हद तक हलका करने की शक्ति रखते हैं।

श्री श्री रवि शंकर एक उल्लेखनीय मानवतावादी नेता व शांति

के अग्रदूत हैं, जो मानवता के बेहतर विस्तार के लिए वैश्विक स्तर पर योगदान देते हैं। उन्होंने अपना पूरा ध्यान मानवीय मूल्यों के पुनःजागरण व पालन पर केंद्रित कर रखा है। इस धरती पर जीवों के प्रति दया व प्रेमभाव, दयालुता, सहयोग, अखंडता, सत्यनिष्ठा, ईमानदारी व सभी जीवनों के साथ परस्पर जुड़ाव की भावना के अभाव में हमारे जीवन में एक कमी सी रह जाएगी। इन मानवीय मूल्यों को एक ऐसी प्रवृत्ति के रूप में देख सकते हैं, जो स्वयं को व्यवहार के विभिन्न रूपों में प्रकट करती है। सभी परंपराओं, धर्मों व सभ्यताओं में इन्हें पाया जा सकता है।

'आधुनिक संत', 'संत', 'अध्यापक' या गुरु जैसे शब्द अमूर्त भाव रखते हैं। यदि श्री श्री द्वारा आरंभ की गई मानवतावादी परियोजनाओं व सिखाई गई तकनीकों को ही देखा जाए, तो उनके प्रति न्याय नहीं होगा। कुल मिला कर उनका व्यक्तिगत प्रभाव ही, उनसे मिलने वालों के लिए एक गहन अनुभव हो जाता है। वे उनके भीतर से प्रकट होने वाले उस प्रेम की शक्ति को अनुभव कर पाते हैं, जो बिना किसी शर्त के सबके लिए उत्पन्न होता है। साथ ही वे एक निश्चल बालक के नटखट स्वभाव व प्राचीन प्रज्ञा को भी अनुभव कर पाते हैं, जो सदा उस क्षण से ही जन्म लेते हैं।

श्री श्री रवि शंकर हमें दिखाना चाहते हैं कि संसार की सभी बड़ी आध्यात्मिक परंपराओं व धर्मों के एक से ही उद्देश्य व मूल्य हैं। इस प्रकार वे लोगों को प्रोत्साहित करते हैं कि वे परस्पर शांति व आदर की भावना के साथ जीएं।

श्री श्री ने 1981 में अध्यापन आरंभ किया, समय से प्रेरित होकर उन्होंने दस दिन का समय गहन मौन में बिताया, जो कि उनके

जीवन में उच्चतम बिंदु व महर्षि महेश योगी का शिष्यत्व पूर्ण होने का भी समय था। एक अध्यापक के रूप में उनके कार्य का आरंभ अकल्पनीय था। उन्होंने लोगों के साथ केवल वही बांटा, जो उन्होंने अपने आसपास के लोगों से सीखा था। वे एक ओजस्वी श्वसन क्रिया सुदर्शन क्रिया का अभ्यास कराने लगे, जो कि मौन के अनुभव के दौरान स्वयं ही उन पर प्रकट हुआ था। शीघ्र ही श्री श्री ने उसे 'द आर्ट ऑफ़ ब्रीदिंग' के ख़ाके में विकसित कर दिया, जो कि अपने सार रूप में व्यावहारिक तौर पर वैसा ही है, जैसे कि तब था। वे योग के प्राचीन वैदिक ज्ञान और ध्यान को वर्तमान के अनुसार रूपांतरित करने में सफल रहे और इसे अनुभवकर्ताओं के लिए सहज व प्राप्य बना दिया। अस्सी के दशक के मध्य में उन्होंने पूरे यूरोप की यात्रा की और 'द आर्ट ऑफ़ लिविंग' की शिक्षा देने लगे।

यह सब एक आंदोलन का प्रारंभ था, जिसने तीस वर्षों में स्वयं को व्यक्तिगत स्तर पर वृद्धि के साथ-साथ मानवतावादी सामाजिक मुद्दों को भी वैश्विक स्तर पर जोड़ा और इसके लिए 'हेल्प टू सेल्फ़ हेल्प' जैसे विविध कार्यक्रम प्रस्तुत किए। संगठन के मानवतावादी कार्य व परियोजनाएं मुख्य रूप से बच्चों व युवाओं पर केंद्रित हैं। 'यूरो ए डे' जैसी परियोजना के बल पर बच्चे स्कूल जा पाते हैं, जो कि उनके जीवन में निर्धनता के दुष्चक्र को तोड़ सकता है। 'यूथ विद द विज़न' जैसी परियोजनाएं ग्रामीण क्षेत्रों के युवाओं को शिक्षित व प्रशिक्षित करती हैं, ताकि उन्हें समाज में बेहतर तरीक़े से जीने का अवसर मिल सके। एक और परियोजना 'महिला सशक्तीकरण' पर केंद्रित है, जिसमें ग्रामीण क्षेत्र की महिलाओं को व्यावसायिक प्रशिक्षण दिया जाता है, ताकि उन्हें आत्मनिर्भर बनने का अवसर मिल सके।

दूसरी नज़र का प्यार

1987 के शरद् में मैं श्री श्री रवि शंकर से पहली बार मिली और उनके करिश्मे से अछूती न रही। यद्यपि मैं अलग-थलग ही रही। मैंने दूसरी पंक्ति में बैठने का निर्णय लिया, क्योंकि मैं वहां स्वयं को सुरक्षित महसूस कर रही थी। तब श्री श्री के समीप थोड़े से ही लोगों का समूह था। मैंने स्वयं को योग, श्वसन क्रियाओं व ध्यान के अभ्यास से काफ़ी समृद्ध अनुभव किया और जल्दी ही उन पक्षों को अपने जीवन में उतारने में सफल रही।

यद्यपि तीन वर्ष बाद वह समय आया, जब मैंने श्री श्री से वास्तव में भेंट की, उस समय मैं जीवन की पीड़ादायी परिस्थितियों से गुज़र रही थी और ऐसा लगता था, मानो मेरी सोचने-समझने की शक्ति भी खो गई थी।

उस वक़्त जीवन के हालात ने मेरे लिए यह संभव कर दिया कि मैं उनके साथ मुक्त मन से बात कर सकूं। आज भी उस शाम की याद मेरे ज़हन में ताज़ा है। मैं हीडलबर्ग में मित्रों के एक समूह के साथ थी, जिसमें लगभग बीस लोग थे और श्री श्री वहां एक अतिथि के रूप में आमंत्रित थे। 1990 का समय था और पूर्वी देशों के साथ खुलने की पहल हो रही थी। उस शाम मुझे अपने ब्वायफ्रेंड से दोबारा मिलना था, जो कि हाल ही में हम दोनों की एक सांझी महिला मित्र के साथ पोलैंड से लौटा था। उन दोनों ने वहां मिल कर कोर्स आरंभ किए थे और मुझे यह जानकर बेहद आश्चर्य हुआ, जब वे दोनों दंपत्ति के रूप में वापिस लौटे। मैं तो निराशा और पीड़ा के गहरे भंवर के बीच थी और नहीं जानती थी कि अपनी इस पीड़ा से कैसे पार पाऊं! ख़ासतौर पर तब, जबकि दूसरों ने इस सच्चाई को

बड़ी आसानी से मान लिया था। मैंने अपने गुस्से, पीड़ा और खीझ के कारण ख़ुद को समूह से काफ़ी हद तक काट लिया। मेज़बान भी कुछ नहीं कर सकते थे। संभवतः यह घटना स्व की ओर मेरी यात्रा का आरंभ बनने वाली थी।

जैसे ही श्री श्री ने कमरे में प्रवेश किया, तो वहां पहले से मौजूद सभी लोग उनके सामने पंक्तियों में आधे गोलाकार में बैठ गए। मैंने अपनी मायूसी के कारण सबसे आगे बैठने का निर्णय लिया, संभवतः मैंने अवचेतन रूप से, वहीं से सब कुछ पीछे छोड़ देने का फैसला ले लिया था।

उसके बाद जो भी हुआ, उसे मैं आज भी श्री श्री से अपनी पहली भेंट ही मानती हूं। समय तैयार था, मैं तैयार थी या उनके शब्दों में 'केक पूरी तरह से बेक हो गया था।'

हम दोनों की बातचीत सबके बीच हुई और मेरे लिए आश्चर्य की बात यह रही कि इससे मुझे कोई परेशानी नहीं हुई। मैंने उनकी उपस्थिति को अनुभव किया और यह माना कि वे मेरा नेतृत्व करने की पूरी योग्यता रखते थे। जब मैंने बोलना आरंभ किया, तो पहले पूरे शरीर में कंपन के साथ-साथ मेरी आवाज़ भी भर्रा रही थी, फिर धीरे-धीरे मुझे महसूस हुआ कि अब भी मेरे भीतर कुछ ऐसा था, जो इस पूरे तमाशे से अछूता था और उसे कोई ठेस नहीं पहुंची थी, मानो मैं अपने से कोई संबंध नहीं रखती थी। मुझे भय था कि मैं दीवानी होती जा रही थी, परंतु मैं फिर भी लगातार बोलती गई और उनके द्वारा कहे गए कुछ शब्दों ने ही मुझे एहसास दिला दिया कि सब ठीक ही तो था। मैंने पूरे आत्मविश्वास के साथ अपने सारे भय पीछे धकेल दिए, हालांकि मैं तब तक भी नहीं जानती थी कि यह सब

कैसे संभव होगा। इस भेंट ने मुझे दिल की गहराइयों तक छुआ था। मुझे अनुभव हुआ कि मैं अपने पर व उन पर भरोसा कर सकती थी। मैं अपने उस हिस्से पर भरोसा करना चाहती थी, जो मेरे ही व्यक्तित्व से परे पड़ा था। दूसरी भेंट के बाद मैं अपने पर भरोसा करने लायक बन सकी।

आध्यात्मिकता ही संपूर्ण जीवन का सार है

आप इस ग्रह पर जो भी क्षण बिताते हैं, याद रखें कि आप एक दिव्य स्थान पर हैं। आप एक अद्भुत और अनूठे उद्देश्य की पूर्ति के लिए दैवी स्थान पर हैं। आप यहां केवल खाने, सोने या बातें करने नहीं आए। आप एक महान कारण से यहां उपस्थित हैं, दैनिक जीवन में मानवीय मूल्यों पर केंद्रित होने से आपको यह याद रखने में सहायता मिल पाएगी।

इस ज्ञान को अपने जीवन में उतारने से आपको व आसपास के लोगों को भी लाभ होगा और यह दीर्घकालीन प्रभाव होगा। यदि आप किन्हीं कारणवश वर्तमान में मानवीय मूल्यों पर केंद्रित नहीं हो पा रहे या किसी कारणवश उन्हें अभ्यास में नहीं ला पा रहे, तो उन्हें अनदेखा न करें और न मायूस हों। इन मूल्यों के निरंतर अभ्यास से ही आपके अभ्यास में सशक्तता आएगी। अपने भीतर प्रेम को देखें और वही ध्यान है। अपने साथ खड़े व्यक्ति में ईश्वर को देखें और वही सेवा है। निःस्वार्थ सेवा तथा ध्यान!

आध्यात्मिकता जीवन को उसकी पूरी सुंदरता व विविधता के साथ मान देती है। आध्यात्मिकता हमें उस काल्पनिक वियोग से परे जाने की अनुमति देती है, जो हमारी अपनी ही पहचान के कारण

उत्पन्न होता है। मनुष्य के श्रेष्ठ रूप को सामने लाने के लिए हमें आध्यात्मिक शिक्षा की आवश्यकता है और इसके अतिरिक्त यह हमें हमारे ही मनोभावों, विचारों व भावों से उबरना और उन्हें संभालना सिखाती है। इसके लिए स्नेह, स्वीकृति, ध्यान, करुणा व प्रेम के वातावरण की आवश्यकता होगी। हम सब एक ही वायु में सांस लेते हैं, हम सभी आनंद व प्रेम चाहते हैं, हम सब भीतर से अलग नहीं हैं।

नब्बे के दशक में हमारे सामने चुनौती यह थी कि हमें कम-से-कम समय में अधिक-से-अधिक ज्ञान पाना था, जबकि आज तेज़ी से भागते समय की मांग यह है कि हम सूचना के अथाह सागर में उस ज्ञान को संजो सकें, जो हमारे लिए महत्वपूर्ण और अनिवार्य है। फ़ोन, ई-मेल, इंटरनेट, फ़ेसबुक दोस्तों के माध्यम से; हम सब प्रतिदिन एक बड़ी संख्या में समाचारों का सामना कर रहे हैं। हमारे सामने आने वाली हर चीज़ हमारे लिए उपयोगी नहीं होती। जिस तरह भूसे से अनाज को अलग करना एक कला है, उसी तरह अनिवार्य और व्यर्थ की छंटाई भी बहुत अहमियत रखती है। इसके लिए सबसे पहले तो यही आवश्यक है कि मुझे पता हो कि मैं क्या चाहता हूं और मेरे लिए क्या अधिक महत्व रखता है। यह मैं तभी पता लगा सकता हूं, जब मैं अपने भीतर से आती आवाज़ को सुनकर पहचानूं कि मैं क्या चाहता हूं? जब तक मेरे लिए यह सब स्पष्ट नहीं होगा, तब तक मैं जीवन के हालात, परिस्थितियों व दूसरे लोगों द्वारा इस तरह खदेड़ा जाता रहूंगा, जैसे तेज़ हवा के झोंके में एक पत्ता यहां से वहां भटकता रहता है। मैं अपने जीवन को सक्रिय रूप से जीने के बजाए बस यूं ही जीता रहूंगा।

आध्यात्मिक तनाव प्रबंधन अपने आप में एक मानसिक सफ़ाई प्रबंध है। हम योगासन, श्वसन क्रिया व ध्यान की मदद से इस मानसिक शुद्धता को पा सकते हैं। इससे तनाव घटता है और हमारे आंतरिक सार, यानी आध्यात्मिकता तक जाने में सहायता मिलती है। श्वसन व्यायाम आंतरिक स्पष्टता, आध्यात्मिक गहनता व भावनात्मक स्थिरता प्रदान करते हैं। वे हमें इस स्थिति में ले आते हैं कि हम केवल प्रतिक्रिया देने के बजाए कर्म करने की स्थिति में आ जाएं। कोई भी व्यक्ति ऐसा नहीं होता, जिसे प्रयास किए बिना कर्म करने की योग्यता प्राप्त हो। यह योग्यता मानसिक शुद्धता का परिणाम होती है। यह भीतरी दबाव, भीतरी पीड़ा व भीतर बसे क्रोध व कुंठा को बाहर निकालने का साधन बनता है, जिससे किसी दूसरे को कोई हानि भी नहीं होती।

पहले पहल संभवतः समय प्रबंधन के अनुसार जीवन को ढालना पर्याप्त होता होगा। वर्तमान जटिल युग में स्वयं को स्थापित करने के लिए हमें संभवतः उससे कहीं अधिक की आवश्यकता है। आध्यात्मिक तनाव प्रबंधन आंतरिक स्पष्टता को समर्थन देता है और हमें निरंतर ऐसी अवस्था में रखता है, जो हमें आवश्यक और अनावश्यक में भेद करना सिखा सके, पहचान सकें कि वर्तमान प्रवृत्तियों से परे ऐसा क्या है, जो कि सुनिश्चित व व्यक्तिगत रूप से हमारे लिए सार्थक है।

'हमें नए राजनेताओं, अर्थशास्त्रियों व व्यवसायियों की आवश्यकता नहीं है, परंतु उनमें से प्रत्येक को आध्यात्मिक होना चाहिए।' यह श्री श्री कहते हैं। वे एक आध्यात्मिक जगत की रचना का आग्रह करते हैं, क्योंकि आध्यात्मिकता ही एकमात्र ऐसा माध्यम है, जो हमें अलगाव से परे ले जा सकता है। हमारा अहं सदैव निजी लाभ के

माध्यम तलाशता है और आध्यात्मिक होने का अर्थ है कि हम उस बड़े 'मैं' से संपर्क स्थापित करें, जो यह पहचानता है कि इस संसार में सब कुछ आपस में संबंध रखता है और किसी भी चीज़ का कोई अलग अस्तित्व नहीं है। आध्यात्मिकता ही संपूर्ण जीवन का सार है। पूरे उत्तरदायित्व के साथ कार्य करते हुए हम समाज में बदलाव ला सकते हैं। इस बदलाव के लिए हमें मानसिक स्पष्टता, आंतरिक प्रशांति, साहसी बनने व केंद्रित रहने तथा अंतर्जात स्वभाव पाने की आवश्यकता होगी। ये विशेषताएं हमारे ही भीतर से पैदा की जा सकती हैं और हम ही इन्हें विकसित कर सकते हैं। शारीरिक मुद्राएं, श्वसन क्रियाएं तथा ध्यान इन्हें पाने के उचित माध्यम हैं।

जो व्यक्ति अपने साथ पूर्ण सामंजस्य स्थापित करते हुए रहता है, वह अनेक महान घटनाओं का साक्षी हो सकता है और उनसे सर्वाधिक लाभ भी पा सकता है। उसके कर्म उसकी मानसिक अवस्था का प्रकटीकरण होने के साथ-साथ उसके विचारों का दर्पण भी होते हैं। ऐसे व्यक्ति की उपस्थिति ही अपने आप में प्रेरणा होती है, आत्मा के लिए उपयोगी होने के अलावा हमारे जीवन को भी समृद्ध करती है।

हम सब भी ऐसी ही जीवन-शैली विकसित कर सकते हैं, क्योंकि हम सबके भीतर ये खूबियां मौजूद हैं। केवल उन पर हमारे तनाव का साया पड़ गया है और झूठी पहचानों ने उन्हें छिपा रखा है। इस जीवन-शैली के अनेक पहलू हैं – आध्यात्मिक तनाव प्रबंधन के फल-योग, श्वसन व्यायाम, प्रार्थना, मनन, ध्यान, ये सभी हमारे सामाजिक जीवन के सभी पहलुओं को काफ़ी गहराई से प्रभावित करते हैं।

आध्यात्मिक जीवन के पक्षों – प्रार्थना व ध्यान के बिना धर्म एक आवरण मात्र रह जाएगा। धर्म केले के छिलके की तरह है और आध्यात्मिकता उस केले का फल है। इस संसार में इतना कष्ट इसलिए है, क्योंकि हमने केले के फल को तो फेंक दिया है और उसके छिलके को हाथों में लिए बैठे हैं। हमें अपने जीवन के आध्यात्मिक पक्षों को सशक्त बनाना होगा।

श्री श्री रवि शंकर का सन्देश है – 'यह पूरा संसार आपसे संबंध रखता है।' वे हम मनुष्यों का आह्वान करते हैं कि हम धर्म, सभ्यता, परंपरा, लिंग व भाषा से जुड़ी संकीर्ण मानसिकताओं से ऊपर उठें और पूरे जगत के साथ एकात्म भाव उत्पन्न करें। जब हमें अनुभव होता है कि हमें एक-दूसरे से अलग करने वाले की तुलना में एक कर देने वाला कहीं महान है, तो हम सही राह पर आ जाते हैं।

आप जिसे पसंद करते हैं, उसे प्रेम करना इतना महत्व नहीं रखता। किसी को केवल इसलिए प्रेम करना कि वह आपको प्रेम करता है, इसका कोई निष्कर्ष नहीं निकलता। जो आपको नापसंद है, उसे प्रेम करने का मतलब होगा कि आपने जीवन का एक सबक़ पढ़ लिया है। जो आपको अकारण दोषी ठहराए, उसे प्रेम करने का अर्थ होगा कि आपने जीने की कला सीख ली है।

कोई भी आध्यात्मिकता को इक्कीसवीं सदी के मूल्य के रूप में मान्यता दे सकता है। यह विविधता में एकता व एकता में विविधता को प्रोत्साहित करती है। जो लोग अपनी पृष्ठभूमि, समाजीकरण या फिर नास्तिक होने के कारण स्वयं को किसी भी धर्म से जुड़ा नहीं पाते; वे भी आध्यात्मिक अभ्यासों के बल पर अपने आंतरिक मौन से संपर्क स्थापित कर सकते हैं।

श्री श्री की जड़ें हिंदू धर्म से जुड़ी हैं, जिसमें उन्होंने जन्म लिया। वे कहते हैं कि अपनी जड़ों को पोषण दो और दूसरी परंपराओं व धर्मों के प्रति मुक्तमन होते हुए उनके सार को पहचानो, वे सभी एक से मूल्यों, आध्यात्मिक मूल्यों पर आधारित हैं।

'सत्य एक है और प्रज्ञावान अलग-अलग प्रकार से इसका वर्णन करते हैं।' यह कथन तीन हज़ार वर्ष पुराने ऋगृवेद से लिया गया है, जो कि हिंदू धर्म के सर्वाधिक महत्वपूर्ण ग्रंथों में से एक है, जो कि आज पूरे संसार का तीसरा विशाल धार्मिक समूह है। हिंदू व ईसाई धर्म में मूलभूत अंतर यह है कि हिंदू धर्म अनेक देवों तथा अवतारवाद में विश्वास रखता है। आपसी भाईचारे व स्नेह का सन्देश ही इसे ईसाई परंपरा से बांधता है और एक करता है। आत्मा इस धरती पर एक से अधिक जन्मों तक रहती है, कारण व प्रभाव के नियमानुसार अपने कर्मों के आधार पर कार्य करती है, ताकि अंततः मुक्त हो सके। भारत में गुरु एक आध्यात्मिक शिक्षक होता है, जो आध्यात्मिक नियमों का ज्ञान प्रदान कर सकता है। गुरु शब्द अपने मूल देश में कोई नकारात्मक भाव नहीं रखता, जैसे कि पश्चिम में है, वहां तो गुरु को पूरा आदर-मान दिया जाता है। पाठशाला के गुरुओं से पहले माता-पिता को ही सबसे पहला गुरु माना जाता है। प्रायः ऐसे व्यक्ति को गुरु की उपाधि दी जाती है, जो आध्यात्मिक अंधकार को दूर करने की क्षमता रखता हो।

आध्यात्मिकता जीवन के मानवीय मूल्यों का मेरुदंड है।

क्या हम सभी समाज में ऐसी प्रगति नहीं चाहते जिसमें मानवीय मूल्यों को सम्मान मिले और राजनीतिक व आर्थिक पहलुओं में भी उन पर ध्यान दिया जाए? इसे घटित करने के लिए हमें बड़ी तस्वीर

पर ध्यान देना होगा, एक नई सोच व काम करने के तौर-तरीक़ों को अपनाते हुए सभी जीवों के साथ जुड़ाव की भावना पैदा करनी होगी।

हम अपने जीवन में किस प्रकार का व्यक्तिगत उत्तरदायित्व लेते हैं और आध्यात्मिकता हमें उससे परे ले जाने में कैसे सहायक हो सकती है, जो हमें एक-दूसरे से अलग करना चाहता है? हम अपनी ही सीमित सोच और झूठी पहचानों से कैसे उबर सकते हैं? कैसे हम दूसरी सभ्यताओं, परंपराओं व धर्मों को उनकी विविधता व सुंदरता के साथ स्वीकार सकते हैं?

प्रेम संपूर्ण जीवन का सार है, जो कि सभी जीवों के प्रति स्नेह व करुणा में ही विस्तार पाता है। जिस किसी मनुष्य को हमारी सहायता की आवश्यकता हो, उसकी सहायता के लिए आगे आना हमारा अंतर्जात स्वभाव है। जब कोई बच्चा सड़क पर गिर जाता है तो हम उसे उठाने में मदद करते हैं। हम यह नहीं सोचते कि इसके क्या नतीजे होंगे? बसए हम झट से आगे आ जाते हैं। इसके पीछे छिपी प्रतिक्रिया तथा मूल्य सभी परंपराओं, धर्मों व सभ्यताओं में बसे हैं और अलग-अलग स्थान पर अलग-अलग तरह से प्रकट किए जाने पर भी एक से ही हैं। इस संदर्भ में आध्यात्मिकता एक महान उत्तरदायित्व लेते हुए विविध परंपराओं को अपनी आंतरिक शिक्षाओं से एक सूत्र में पिरोते हुए उपलब्ध कराती है ताकि उन्हें शरीर व श्वसन व्यायामों, ध्यान, प्रार्थना व मनन के माध्यम से अनुभव किया जा सके।

ज्ञानी जन कहते हैं कि इस संसार में ज्ञान और अज्ञान दोनों ही स्थान रखते हैं। एक आध्यात्मिक व्यक्ति का लक्ष्य यही होना चाहिए कि वह आध्यात्मिक ज्ञान के बल पर अज्ञान से, न्याय शक्ति के बल

पर अन्याय से, विनय, बुद्धि व उदारता के बल पर सत्ता के लोभ व भूख पर व प्रेम के बल पर घृणा से पार पा सके। हम उत्तरदायी कर्मों के बल पर ही समाज में परिवर्तन ला सकते हैं।

ओम
ओम सहनाववतु
सहनौ भुनक्तु
सह वीर्यम करवावहै
तेजस्विनावधीतम अस्तु
मा विद्विषाव है
ओम शांति शांति शांति
हम सब एक हों

हम सब एक साथ भोजन करें
हम सब एक साथ बलशाली हों
हम सब एक साथ उदय होकर प्रकाशमान हों
हममें परस्पर घृणा न हो
ओम शांति शांति शांति

प्राचीन संस्कृत आशीर्वाद

शांति हमारे भीतर से आरंभ होती है – योग का दर्शन

मेरे अनुसार मानवतावादी कार्य आध्यात्मिक जीवन-शैली का अटूट अंग है, यह आंतरिक पथ से निकटतम संपर्क रखता है। यह स्वाभाविक है। सेवा करना भी प्रेम व आनंद का ही प्रकटीकरण है। आपको स्वयं पूछना चाहिए – 'मैं दूसरों व समाज के लिए क्या कर सकता हूं?' तब आपका हृदय मुक्त होगा और आप चेतना के एक नए स्तर तक ऊपर जा सकेंगे।

हमारे पास जो भी प्रतिभाएं हैं, वे दूसरों के लिए ही तो हैं। तभी हमें उनका उचित प्रयोग करना चाहिए। आध्यात्मिक प्रेरणा व आंतरिक संपर्क के बिना की गई स्वयंसेवा दीर्घकाल में आपको ऊबा सकती है। केवल स्नेह ही हमें कभी थकने नहीं देता। जब हम अहंवश दूसरों की सेवा करने के बजाए जीवन से स्नेह रखने के नाते दूसरों की सेवा करते हैं और स्वयं को दूसरों की भलाई के लिए प्रस्तुत कर देते हैं, तो हम एक नई ऊर्जा से परिपूरित हो उठते हैं। तब हमारे विचार अतीत या भविष्य में लिप्त होने के बजाए वर्तमान गतिविधि में ही लीन होते हैं।

प्रशांति हमारे भीतर ही उपजती है। क्या यह स्पष्ट नहीं है, यदि संसार थोड़ा अलग तरीक़े से काम करता, तो अधिक शांतिपूर्ण न होता? हम बाहर जो अनुभव लेते हैं, वह उस आंतरिकता का ही तो प्रकटीकरण है। शांति का कार्य चाहे वह छोटे स्तर पर हो या फिर बड़े स्तर पर; हमेशा आंतरिक कार्य ही होता है। इसे विकसित करना ही एक आध्यात्मिक कार्य है।

अब परस्पर क्षमा प्रदान करने की एक उदार सभ्यता को विकसित करने का समय आ गया है, जो कि आध्यात्मिकता के अनिवार्य कार्यों में एक है। संकीर्ण दृष्टिकोण से ही संघर्ष उत्पन्न होता है।

हम इन सबसे तभी पार पा सकते हैं, जब हम तस्वीर का बड़ा रुख़ देख सकें और उन मानवीय मूल्यों को याद रख सकें, जो सभी सभ्यताओं व परंपराओं में गुंथे हैं।

ऐंद्रिक अधिकता किसी के भी व्यवहार को रुखा बना सकती है। हम प्रायः समाचारों में ऐसे लोगों के बारे में सुनते हैं, जो अधिक दबावों के चलते अपने या दूसरों के प्रति हिंसा का प्रयोग कर बैठते हैं। ख़ासतौर पर युवाओं में तो यह मुद्दा और भी ज्वलनशील होता जा रहा है। उन्हें इस उच्च तकनीकी समाज में अपनी राह तलाशने में काफ़ी कठिनाई हो रही है और कभी-कभी तो उनके परिवार भी उन्हें सच्चे मानवीय मूल्य नहीं दे पाते।

संयुक्त राष्ट्र ने 21 सितंबर को अंतर्राष्ट्रीय शांति दिवस घोषित किया है। हिंसा से भरे संसार में इस दिन को अहिंसक माना जाता है। कई परंपराओं में तो निजी मनमुटाव को मिटाने के लिए भी कुछ ख़ास दिन बनाए गए हैं, पर हम प्रत्येक दिन को ऐसा क्यों नहीं बना सकते? हर कलह छोटे-छोटे मुद्दों से ही आरंभ होती है, जो कि रोज़मर्रा के मामूली हालात ही होते हैं और फिर ऐसे बिंदु पर पहुंच जाती है, जहां से वापसी का सवाल ही नहीं पैदा होता। तब तो समाधान की संभावना ही समाप्त हो जाती है।

ऐसी परिस्थितियों में तो हम स्वयं को और भी बोझ तले दबा पाते हैं, रातों की नींद उड़ जाती है और दिन में भी हमारे विचार

निरन्तर उसी संघर्ष के आसपास घूमते रहते हैं। हम मन की शांति पाने के लिए बेचैन रहने लगते हैं।

संघर्ष के कारण भी अनेक होते हैं। संघर्ष से बाहर निकल कर समाधान तक आने की राह सदा पहले महत्वपूर्ण क़दम से ही आरंभ होती है, जिसके लिए मनुष्य की महानता, आंतरिक शक्ति व आध्यात्मिक परिपक्वता का होना अनिवार्य है।

अधिक मानवीय समाज की आध्यात्मिक नींव रखने वाला योग दर्शन, इसी परिपक्वता के विस्तार को समर्पित है। योग शब्द संस्कृत के मूल शब्द 'युजू' से बना है, जिसका अर्थ है, जोड़ना या मेल करना। यह शरीर, मन व आत्मा के मिलन का संकेत देता है।

योग दर्शन की छः भारतीय मान्यताओं में से एक है और लगभग पांच हज़ार वर्ष पुराना है। सदियों से अनेक परंपराएं विकसित होती आई हैं। इनमें से योगसूत्र भी बहुत महत्व रखता है, इसकी रचना महान भारतीय विद्वान पतंजलि द्वारा की गई।

ये सूत्र योग के अष्टांग पथ का परिचय देते हैं। ये आठों अंग अविभाज्य एकता का प्रतिनिधित्व करते हैं। इस अष्टांग के अभ्यास से संपूर्ण अभ्यास संभव हो पाता है; ये सभी समान रूप से महत्वपूर्ण तथा परस्पर पूरक हैं –

यम – पांच सामाजिक नीतियां

अहिंसा – कर्म, वाणी व विचारों की अहिंसा

सत्यम – सत्यवादन

अस्तेय – चोरी न करना

ब्रह्मचर्य – सभी प्रकार के आनंद व भोग का संयम

अपरिग्रह – अनावश्यक संग्रह न करना और न ही दूसरों की वस्तुओं को पाने की इच्छा रखना।

नियम – पांच व्यक्तिगत नीतियां हैं

शौच – शरीर व मन की शुद्धि

संतोष – संतुष्टि

तापस – आत्मानुशासन

स्वाध्याय – स्वयं अध्ययन करना

ईश्वरप्राणिधान – दैवी तत्व को सम्मान

आसन – मुद्राएं

प्राणायाम – श्वसन तकनीकें

प्रत्याहार – इंद्रियों को भीतर की ओर ले जाना

धारणा – एक बिंदु पर केंद्रित

ध्यान – ध्यान करना

समाधि – स्व में एकाकार होना

योग के आठ अंग

अध्याय 2

आध्यात्मिक तनाव प्रबंधन – संपूर्ण मार्ग दर्शन

गंभीर जिज्ञासु पहले पहल
अपने ही तनाव से निबटेगा।
श्वसन व्यायामों तथा
ध्यान के अभ्यास के दौरान ही
वह पहली बार अपने
आंतरिक मौन का सामना करेगा
और अंत में देखेगा कि
किस तरह निरंतर अभ्यास ने
जीवन के सभी पक्षों में सुधार
ला दिया है।

यह शरीर अभी इस वर्तमान में है, मन चारों ओर उपस्थित है।

एक रोग मुक्त शरीर, बाधा रहित श्वास, वर्जना रहित बुद्धि, तनाव रहित मन, शोक ग्रस्त स्मृति, हिंसा रहित समाज तथा सबको गले लगाने वाला अहं; ये सभी स्वास्थ्य के सूचक हैं।

स्वास्थ्य शब्द का संस्कृत में अर्थ होता है, 'स्व में स्थित'। जब मन भय, अपराधबोध, क्रोध, घृणा आदि से रहित होता है, तो इसमें शरीर के किसी भी रोग को दूर करने की क्षमता होती है। चेतना में अद्‌भुत व विशाल शक्ति छिपी है।

स्वास्थ्य केवल रोग का अभाव नहीं है; इसका मतलब है कि हम स्व में स्थिर हों, स्थित हों। स्वास्थ्य जीवन का एक ओजस्वी भाव है।

इस पुस्तक में दिए गए अभ्यास आपका तनाव घटाने में सहायक होंगे व साथ ही मन के आधारभूत नियमों के आध्यात्मिक ज्ञान से तनाव उत्पन्न ही नहीं होगा। हमें इन दोनों ही पहलुओं की आवश्यकता होती है; शारीरिक मुद्राओं, श्वसन व ध्यान अभ्यासों से ही परिणाम सामने नहीं आते, क्योंकि नया तनाव हमेशा उत्पन्न होता रहता है। इस अर्थ में केवल आध्यात्मिक ज्ञान से कुछ नहीं होगा, यह केवल विचारों का संग्रह मात्र होगा। तनाव के भार से दबा व्यक्ति सोचता है – 'मुझे इस तनाव से मुक्त होना है', इस दबाव से और भी तनाव पैदा होता है। यह इस तनाव को मिटाने का उपाय नहीं

है। जब भी तनाव में हों, तो उसका स्वागत करें और उसी में सहज होने का प्रयास करें।

जब सामने आने वाली चुनौतियाँ हमारी सामना करने की योग्यता से भी अधिक हो जाती हैं, तो हमें तनाव का अनुभव होता है। यह एक छोटी व सटीक परिभाषा है, जो तनाव के रूप को कहीं से भी छोटा करके नहीं दिखाती। स्ट्रेस एक विस्तृत शब्द है, जो कि आपके अंदर के टेंशन को दर्शाता है। यह अनेक प्रकार से उभर सकता है जैसे काम का अधिक भार, किसी तरह की चिंता या अति या फिर भावनाओं के दमन आदि से। हम सभी इन परिस्थितियों से परिचित हैं।

अनिवार्य रूप से तनाव तभी उत्पन्न होता है, जब मन शरीर से कहीं परे होता है। शरीर तो वर्तमान में है और मन जाने कहाँ भटक रहा है और अधिक केंद्रित निरीक्षण के साथ हम जान सकते हैं कि मन सदा अतीत को लेकर सिर धुनता रहता है या फिर उसे महिमामंडित करता रहता है। मन आने वाले समय के साथ भी व्यस्त रहता है, जो कि भयावह जान पड़ सकता है या फिर वर्तमान से अधिक आकर्षक लग सकता है। एक व्याकुल व तनावग्रस्त मन निरंतर नकारात्मकता के आसपास मंडराता रहता है, उसे चारों ओर समस्याएँ दिखती हैं और वह सदा तुलना में मग्न रहता है, किंतु दूसरों के जीवन से की गई तुलना से केवल असंतुष्टि या दंभ पैदा होता है।

जब हम तनावग्रस्त या फिर काफ़ी गहरे दबाव में होते हैं, तो प्रायः मानवता, आदर, करुणा व दूसरों की देखरेख जैसे भावों को त्याग देते हैं, फिर हम बाद में पश्चाताप करते हैं कि हमने क्या कह दिया, हम समझ ही नहीं पाते कि हमने किसी को ऐसे शब्द कैसे कह

दिए। किसी भी तरह के संघर्ष समाधान के दौरान तनाव काफ़ी बड़े ख़तरे का कारण बन सकता है।

तनाव को आजकल एक फ़ैशन के रूप में, एक हलके शब्द के रूप में लिया जाने लगा है; जिसके गहरे अर्थ की ओर किसी का ध्यान तक नहीं जाता। यदि कोई इसे गहराई से देख भी ले, तो भी तनाव से मुक्त नहीं हो सकता, क्योंकि इसे केवल बौद्धिक स्तर पर समझ लेना ही पर्याप्त नहीं है; इस पुस्तक में दिए गए व्यायामों के अभ्यास व परिणामकारी अनुभवों के बल पर ही इसकी गहरी समझ विकसित की जा सकती है।

आप किसी रेस्टोरेंट में जाकर मेन्यू पढ़ते हैं, किंतु किसी व्यंजन को खाने के बाद ही उसका स्वाद जान पाते हैं। अनुभव तो स्वयं ही लेना होता है। किसी पुस्तक में पीठ दर्द के बारे में पढ़ना और पीठ में दर्द होना दोनों अलग-अलग बातें हैं, तो यह सब बिल्कुल स्पष्ट है। आपका अनुभव ही सबसे अधिक मायने रखता है।

अपने तनाव के ढांचों को पहचानें

धैर्य विकसित करना चाहें, तो आपको केवल अधैर्य का निरीक्षण करना होगा। विचारों व भावनाओं को केवल देखें, उन पर किसी प्रकार का पश्चाताप न करें। प्रायः हम इसे दूसरे रूप में लेते हैं; हमारे मन में तेजी और काम में ढीलापन होता है। अधैर्य का अर्थ है, मन में हड़बड़ाहट; आलस्य का अर्थ है, काम में सुस्ती या धीमापन। मन में धीरज धरें और काम में गतिशीलता लाएँ, यही उचित फ़ार्मूला है।

पहले अपने मन को जानें और फिर आसपास के लोगों के मन

परखें; जैसे कि उनके व्यवहार से अनुमान लगाएँ, परंतु हम इसके विपरीत करते हैं। हम अपने मन पर ध्यान देने के बजाए दूसरों को परखने में समय नष्ट करते रहते हैं। जब आप अपने ही मन की गति समझते हैं, तो यह भी समझ पाएँगे कि सार्वजनीन मन व दूसरे लोगों के मन में क्या चल रहा है।

मानसिक तनाव प्रत्यक्ष रूप से शारीरिक तनाव का कारण नहीं बनता। अनेक लोग ऐसे हैं, जो तनाव का मुक़ाबला नहीं कर पाते या उसे आधे-अधूरे तरीक़े से ही संभाल पाते हैं। चिकित्सकों, वैज्ञानिकों व मानसविद्रों के लिए यह तथ्य चिंता का विषय है। उन्होंने स्पष्ट कर दिया है कि हमारे अनेक रोग मानसिक कारणों से जन्म लेते हैं, जैसे तनाव, दबाव या जीवन के प्रति नकारात्मक नज़रिया; ये सब शरीर व मन को प्रभावित करते हुए मेडिकल अव्यवस्था का कारण बनते हैं।

अवसाद, लंबे समय तक रहने वाली थकान, बर्नआउट सिंड्रोम, टिटनिस, माइग्रेन, सिर व पीठ में दर्द – ऐसे रोगों की सूची अंतहीन होती जा रही है, जहाँ मानसिक असंतुलन शारीरिक स्तर को भी प्रभावित करता है।

किसी भी व्यक्ति के निजी बोध व व्यवहारगत ढांचों में ही अनेक साइकोमैटिक रोगों के कारण छिपे हैं। यदि सादा शब्दों में कहना हो, तो कह सकते हैं कि किसी व्यक्ति के बाहरी और भीतरी जीवन के छंद और ताल का असामंजस्य ही तनाव उत्पन्न करने का आदर्श कारण बन जाता है।

तो इस बिंदु पर यह भी निर्भर करता है कि तनाव मेरे लिए क्या है, मैं इसका क्या करता हूँ। तनाव की एक स्वाभाविक मात्रा, जिसे हम उत्तेजक कहते हैं, वह जीवन में चुनौतियों का सामना करने

के लिए आवश्यक है। इससे पैदा होने वाली उत्तेजना से एड्रेनलिन कर स्राव होता है, जो गतिविधि में सजगता लाता है; जिससे सारी परिस्थिति को एक सही दिशा दे पाना सरल हो जाता है। ग़लत तरह से संभाली गई या अनियंत्रित उत्तेजना का अंत तनाव में ही होता है। हम सभी इस अनुभव से परिचित हैं।

सकारात्मक स्ट्रेस की एक निश्चित मात्रा यूस्ट्रेस के नाम से जानी जाती है, जो कि हमारे जीवन के लिए आवश्यक है; नकारात्मक तनाव या स्ट्रेस अनेक प्रकार की स्वास्थ्य समस्याओं का कारण बन सकता है, क्योंकि हम इससे इतना घिर जाते हैं कि कोई भी सही क़दम नहीं उठा पाते। प्रायः हम निराशा या तनाव के जाने के बाद ही उस पर ध्यान दे पाते हैं। उस समय हम बुरी तरह से टूट चुके होते हैं और अगर हम चाहते हैं कि वह सब दोबारा न दोहराया जाए, तो हमें पहले अपने को संभालना चाहिए।

साथ ही यह तथ्य भी ध्यान देने योग्य है कि स्ट्रेस या तनाव फैशनेबल हो गया है और औद्योगिक पश्चिमी देशों में तो काफ़ी हद तक इसे स्टेटस सिंबल के तौर पर लिया जाने लगा है। सफलता और तनाव साथ-साथ चलते हैं, यदि आप तनाव ग्रस्त हैं, तो आप सफल हैं, वहाँ सबको इसी विश्वास के साथ चलना होता है। कई बार हम यही तय नहीं कर पाते कि हमारा सामना सकारात्मक तनाव से हो रहा है या नकारात्मक तनाव से। कई लोगों की तो यह धारणा है कि कार्यक्षेत्र में अच्छे परिणाम पाने के लिए, इससे संघर्ष करना अनिवार्य है और इसे इसी रूप में होना चाहिए।

प्रत्येक व्यक्ति निजी लक्षणों के आधार पर पता लगा सकता है कि तनाव उसे किस हद तक प्रभावित कर रहा है। यदि आप

अभी से इन लक्षणों पर ध्यान देने का नियमित अभ्यास अपना लेंगे, तो आपके लिए यह तय करना काफ़ी सरल हो जाएगा कि आपके व्यक्तिगत तनाव का स्तर क्या है? केवल नियमित अभ्यास से ही आप ये संदर्भ बिंदु पा सकते हैं। रविवार दोपहर मैं कितनी गहराई से सांस ले सका और क्या आज मंगलवार शाम को भी मैं उतनी ही गहराई से सांस ले रहा हूँ? श्वास हमारे लिए एक महत्वपूर्ण संबल है और चूंकि हमें तो सांस लेना ही है, तो समय न होने का बहाना यहाँ काम नहीं करेगा।

लोगों को परेशान व व्याकुल कर देने वाली अनेक तनावकारी अवस्थाएँ व परिस्थितियाँ अब स्ट्रेसर के नाम से जानी जाती हैं। ये तनाव पैदा करने वाले कारक सभी पर एक सा प्रभाव नहीं डालते; विभिन्न व्यक्ति एक से कारकों के लिए अलग-अलग प्रतिक्रियाएँ देते हैं।

आप निम्नलिखित में से तनाव के किन कारकों को अपने जीवन में पहचानते हैं? कुछ प्रश्नों के उत्तर देने के लिए थोड़ा समय निकालें, ताकि जान सकें कि क्या तनाव आपके भीतर से पैदा होता है या आप स्वयं को दबाव में डालते हैं या आप बाहरी कारकों से तनावग्रस्त होते हैं?

समय का दबाव

काम के दौरान प्रायः कितनी बार आप डेडलाइन प्रेशर के बीच होते हैं या समय की कमी महसूस करते हैं? क्या आपकी अपाइटमेंट बुक बहुत ज़्यादा भरी हुई है?

संघर्ष

कार्यक्षेत्र में कितनी बार संघर्ष या असहमति का सामना करते हैं? जैसे सहकर्मियों या वरिष्ठों के साथ। व्यक्तिगत जीवन में संघर्ष कैसा है, जैसे कि परिवार के सदस्यों, मित्रों या पड़ोसियों के साथ?

काम के अधिक भार से होने वाली गलतियाँ

आप कितनी बार उद्वेग की अवस्था में निजी व व्यावसायिक जीवन में गलतियाँ कर देते हैं?

काम से संतुष्टि

क्या आप अपने कैरियर से संतुष्ट हैं या आप अपने कामकाजी जीवन से संतुष्ट नहीं हैं?

वित्त

क्या आप वित्तीय रूप से परेशान हैं? क्या आप नौकरी खोने के भय से व्यथित रहते हैं?

संबंध व परिवार

क्या आपको व्यावसायिक कार्य करने के साथ-साथ बच्चों का पालन-पोषण भी करना पड़ता है? क्या आपके साथी व बच्चों के साथ मनमुटाव रहता है? क्या आप हाल ही में साथी से हुए अलगाव की पीड़ा झेल रहे हैं? क्या आपके परिवार में कुछ समय पहले ही किसी का निधन हुआ है?

स्वास्थ्य

क्या आपको हाल ही में किसी तरह की स्वास्थ्य समस्या का पता चला है? क्या आप किसी मेडिकल समस्या से पीड़ित हैं? क्या निम्नलिखित में से कोई भी रोग आपके पीछे पड़ गया है – उच्च रक्तचाप, बर्नआउट सिंड्रोम, टिटनिस, मासिक धर्म संबंधी अव्यवस्था, मेटाबॉलिक अव्यवस्था या बाल झड़ना आदि।

यहाँ आप तनाव के किन शारीरिक लक्षणों को पहचान सकते हैं?

- क्या आप लगातार कंधों और गर्दन के आसपास तनाव महसूस करते हैं? क्या आप तनाव से होने वाले सिरदर्द या पीठदर्द से बेहाल हैं? क्या आपके पेट में अक्सर गड़बड़ी रहती है? क्या आप क़ब्ज़ या दस्त से परेशान रहते हैं? क्या आपको छाती में हलका-सा दबाव महसूस होता है?
- क्या आप आसानी से सदमा खा जाते हैं? शोर के प्रति संवेदनशील हैं या आसानी से चिड़चिड़े हो जाते हैं? क्या आपको ऐसा लगता है कि गले में कुछ अटक गया है?
- क्या आपको अक्सर ज़ुकाम रहता है या मुँह के आसपास की त्वचा फटती रहती है?
- क्या आप नियमित रूप से बहुत अधिक खाते हैं या भूख महसूस न होने के कारण खाना ही भूल जाते हैं? क्या आपका मन मीठा या वसायुक्त भोजन खाने के लिए ललचाता रहता है?

– क्या आप लगातार थकान महसूस करते हैं या निढाल रहते हैं? क्या आपको सोने में कठिनाई होती है या आप रातों को प्रायः जाग जाते हैं? क्या आपको सुबह उठते ही थकान महसूस होती है?

क्या इनमें से कुछ भावनाएँ आपके लिए जानी-पहचानी हैं?

- क्या आपको लगाता है कि आप सारा दिन अंधाधुंध भाग रहे हैं और स्वयं को रोक नहीं सकते? क्या आप स्वयं को निरंतर भीतर से खदेड़ा गया महसूस करते हैं?
- क्या आपको ऐसा लगता है कि किसी भी चीज़ के लिए कोई उत्साह ही नहीं बचा? क्या आप अपनी रुचियों व समय बिताने के साधनों को अनदेखा करते हैं? क्या आपको लगातार खेलकूद संबंधी गतिविधियों से स्वयं को अलग रखने के कारण मिलते रहते हैं? क्या आप स्वयं को दोस्तों से कटा हुआ पाते हैं?
- क्या आप प्रायः स्वयं को च्युईंगम, पैन या अपने नाख़ून चबाता पाते हैं? क्या आप रात को नींद में दांत पीसते हैं?
- क्या आपको ऐसा लगता है कि आप चाहे जितना भी अच्छा क्यों न करें, आपमें कुछ अच्छा नहीं है?
- क्या आप प्रायः गुस्से में आकर झल्लाने लगते हैं?
- क्या आप सदा एक विचित्र से उद्वेग और चिंता से घिरे रहते हैं?

- क्या आप स्वयं को भुलक्कड़, भटका हुआ, बेचैन व अव्यवस्थित पाते हैं? क्या आप अक्सर अंकों का हेर-फेर कर देते हैं या गणित संबंधी भूलें करते हैं?
- क्या आपने ध्यान हटाने या जागते रहने के लिए निकोटीन, एल्कोहल या कॉफी की मात्रा बढ़ा दी है?

आपके जीवन में जो कुछ भी घट रहा हो, उसके प्रति सजग रहें। व्यवहार में बदलाव का सबसे पहला क़दम तो यही होगा कि आप स्वयं का निरीक्षण करें। इससे आपको अन्तर्दृष्टि व दूरी, दोनों ही प्राप्त होंगे और वांछित दिशा में बदलाव के लिए नए मार्ग खुलेंगे। आध्यात्मिक तनाव प्रबंधन के जगत में कुशल प्रवेश के लिए अनिवार्य है कि आप निजी चेतावनी लक्षणों के प्रति सजग हों। वे कुछ ग़लत घटने का संकेत देते हैं और आपके लिए संभावना उत्पन्न करते हैं कि आप इस विषय में कुछ रचनात्मक कर सकें। अगली बार तनाव के पहले लक्षण सामने आते ही सजग रूप से गहरी सांस लें व बाहर निकालें। जैसे ही भीतरी दबाव बाहर आएगा, आप कहीं अधिक स्पष्ट रूप से सोच सकेंगे और तय कर पाएँगे कि आगे क्या करना है? इन प्रश्नों की सहायता से आप अपना व्यक्तिगत तनाव फ़ार्मूला तैयार कर सकते हैं।

ध्यान के माध्यम से अपनी गहनतम संभावनाओं को सामने लाएँ

ध्यान में तीन सुनहरे नियमों का पालन किया जाता है। पहले सहज व आरामदेह रहें। फिर अगले दस से पंद्रह मिनट तक इस सोच के साथ बैठें – 'मैं कुछ नहीं चाहता' समझे? यदि आप कहते हैं —'मैं

पानी पीना चाहता हूँ', तो आप ध्यान नहीं कर रहे हैं। दूसरा क़दम है – 'मैं कुछ नहीं करता', फिर अगले दस मिनट तक 'मैं कुछ नहीं करता। मैं कुछ नहीं चाहता और मैं कुछ नहीं करता।' तीसरा क़दम है – 'मैं कुछ नहीं हूँ।' यदि आप स्वयं को बुद्धिमान मानते हैं, तो इसे भूल जाएँ। यद्यपि अगर आप सोचते हैं कि आप मूर्ख हैं, तो भी आप उसी नाव पर सवार हैं। यदि आप स्वयं को बहुत धनी, निर्धन या पवित्र मानते हैं, तो उसे भी भूल जाएँ। यदि आप स्वयं को पापी मानते हैं, तो उसे भी भूल जाएँ, तो आप कुछ नहीं हैं! आप कुछ नहीं चाहते, आप कुछ नहीं करते और आप कुछ नहीं हैं। ध्यान संपूर्ण परिस्थितियों में आपकी ऊर्जा को उन्नत बनाए रखता है।

ध्यान और श्वसन तकनीकें और अधिक आंतरिक स्पष्टता प्रदान करती हैं और तब हम महसूस करते हैं कि दूसरे हमें बेहतर समझ सकते हैं और हम अपने विचार भी बेहतर तरीक़े से प्रस्तुत कर सकते हैं। एकाग्रता ध्यान नहीं है। ध्यान तो एकाग्रता से रहित होता है। यह तो सब कुछ छोड़ देने का भाव है। ध्यान मन को शांत बनाता है, किंतु हमें अपने रोज़मर्रा के जीवन में बिलों व पार्किंग टिकटों का भुगतान आदि करना होता है और इसके अलावा कई छोटे-बड़े काम करने होते हैं। हम बिना किसी झल्लाहट के इतनी सहजता व शांति के साथ वे सब काम कैसे कर सकते हैं? आप प्रतिदिन स्नान करके अपने शरीर को साफ़ करते हैं। इसके बाद आप बाक़ी की दूसरी गतिविधियाँ करते हैं। आपको सारा दिन स्नान नहीं करना होता। यह भी कुछ ऐसा ही है। आप ध्यान द्वारा मन को शांत करने के बाद दूसरी गतिविधियों में मन रमाते हैं। अपने आप को पूरी तरह से शांत व सहज रखना आसान नहीं है, पर अगर आप नियमित

अभ्यास करें, तो यह संभव हो सकता है। तब स्वयं को शान्त रखना भी सरल हो जाएगा।

मनुष्य के भीतर छिपी असीम संभावना में से केवल कुछ अंश ही वास्तव में फलीभूत हो पाता है। हम इस संभावना को सामने कैसे ला सकते हैं? यदि हम दाएँ व बाएँ मस्तिष्क में उचित संतुलन साध पाएँ, तो यह संभव है, वे दोनों हिस्से सेरीब्रल हैमिसफ़ियर कहलाते हैं। यह एक अच्छी शुरुआत है, सही दिशा में पहला क़दम। हम जानते हैं कि तनाव हमारे बोध में बदलाव लाते हुए चिंतन शक्ति को सीमित कर देता है, किंतु यदि हम चाहते हैं कि वे घटनाएँ न घटें, तो हमें अपने वातावरण को उचित संकेत देने होंगे।

घर हो या कार्यक्षेत्र; यदि हम अपने जीवन में योग, श्वास तकनीकों व ध्यान के अभ्यास को अपना लें, तो मस्तिष्क के दोनों गोलार्द्धों यानी हैमिसफ़ियर के बीच संतुलन साध सकते हैं। आपको ताज़ी हवा से भरपूर एक कमरा चाहिए, जहाँ आपका ब्रेक टाइम, शरीर व आत्मा को जीवंत बनाने का एक अवसर बन जाए। कुछ मिनट का गहरा रिलैक्सेशन कई घंटों की नींद जितना आराम दे सकता है। इसके अतिरिक्त दो ख़ास मुलाक़ातों के बीच दस मिनट का यह आराम भी काफ़ी प्रेरक हो सकता है। जैसा कि आप जानते हैं कि मौन में कितनी शक्ति छिपी है। जब भी हम पूरी तरह से शिथिल होते हैं, तभी हमारे मन की गहराइयों से रचनात्मकता बाहर आ पाती है। बस, हमें उसके प्रति सजग होना होता है। दिमाग़ के दोनों हिस्सों का संतुलन काफ़ी बड़े बदलाव ला सकता है, ख़ासतौर पर आपके कार्यक्षेत्र में।

बाईं ओर तार्किक मस्तिष्क और दाईं ओर रचनाशील मस्तिष्क

हमारी स्वभावगत विशेषता है। आप सारा दिन एक टांग पर तो खड़े नही रह सकते, क्या रह सकते हैं? इस दिमाग़ी संतुलन के बिना हम एक सीमित ऊर्जा स्तर पर आ जाते हैं, परंतु कभी-कभी कुछ ख़ास उपलब्धियाँ भी पा सकते हैं। बुद्धिमता इसी में है कि हम पहले मन व शरीर को श्वसन क्रियाओं व ध्यान के माध्यम से बढ़ी हुई ऊर्जा प्रदान करें और फिर सफलतापूर्वक कार्य संपन्न करें। इस बढ़ी हुई ऊर्जा के माध्यम से हम अपनी भीतरी क्षमता को सामने ला सकते हैं, जो हमें इस स्थिति में ला देती है कि हम उचित फैसले ले सकें।

मैं पिछले बीस सालों से भी अधिक समय से योग, श्वसन क्रियाओं व ध्यान का अभ्यास करती आ रही हूँ। यदि आप मुझसे पूछें कि इतने लंबे अभ्यास से मैंने क्या पाया, तो मैं कहूँगी कि इसने मेरे व उस सर्वोच्च सत्ता, ईश्वर व उसके जीवों के साथ संपर्क को और भी प्रगाढ़ किया है। बाहरी जगत से दूर होने के बाद स्थिरता के उन क्षणों में ही मैं अनुभव कर पाती हूँ कि मैं वास्तव में क्या हूँ और मेरे भीतर कितनी संभावनाएँ छिपी हैं। कुंठा, दबाव व यहाँ तक कि आनंद व महत्वाकांक्षा भी जैसे कुछ पल के लिए परे चले जाते हैं और मुझे उस आंतरिक विस्तार से एकाकार होने का अवसर मिल जाता है। ध्यान से प्राप्त होने वाली जीवंतता, ऊर्जा, शक्ति, विश्वास व आशा वस्तुतः किसी वरदान से कम नहीं हैं।

कम तनाव, अर्थात अधिक ऊर्जा

आपके जीवन में जितनी भी समस्याएँ आती हैं कि उनका कारण यह है कि आप घटनाओं को बहुत अधिक महत्व देते हैं। जब आप छोटे बने रहते हैं, तो वे घटनाएँ विशाल रूप ले लेती हैं। कल्पना करें कि

आप एक व्यस्त सड़क पर बाइक चला रहे हैं और आपके आगे चल रहा वाहन बहुत गंदा व काला धुंआ छोड़ रहा है। यहाँ तीन विकल्प हो सकते हैं। आप उस वाहन के पीछे चलते-चलते शिकायत करते हुए, धुंए को सह सकते हैं। आप अपने वाहन को धीमा कर सकते हैं या प्रतीक्षा कर सकते हैं कि वह आगे निकल जाए या आप अपने हुनर का प्रयोग करते हुए उस वाहन को ओवरटेक कर सकते हैं और उसे भुला सकते हैं।

पहले विकल्प में, आप में से तक़रीबन घटना से व्यथित हो कर दुःख सहते रहेंगे और धुंआ पीते रहेंगे। दूसरे विकल्प में आपको स्थायी आराम नहीं मिलेगा, क्योंकि कोई दूसरा बड़ा वाहन आपके आगे आ सकता है। घटनाओं से मुँह चुराना, उनका स्थायी समाधान नहीं होता। बुद्धिमान व्यक्ति अपने हुनर का इस्तेमाल करते हुए घटनाओं से भी परे चले जाते हैं। यदि आपका वाहन उचित दशा में है तथा कौशल भी प्रभावी है, तो यहाँ वाहन की दशा को आध्यात्मिक अभ्यास मानें व कौशल को आध्यात्मिक गुरु की कृपा मानें।

हमें इन अभ्यासों से जो ऊर्जा प्राप्त होगी, वह अनेक प्रकार से लाभदायक होगी। सबसे पहले तो हम जीवंतता, उपस्थिति व मानसिक स्पष्टता जैसे सकारात्मक प्रभाव महसूस कर सकेंगे। ये तत्क्षण हमारे कामों में झलक उठेंगे और हमारा वातावरण भी इस बदलाव से अछूता नहीं रहेगा। दूसरे, हमारा तनाव घटेगा। हम स्वाभाविक रूप से स्वयं को दूसरों से जुड़ा महसूस करेंगे। दूसरों से जुड़ाव की यह भावना ही निःस्वार्थ समाज सेवा के रूप में परिलक्षित होती है। पाने के बजाए दूसरों को कुछ देने, दूसरों के साथ बांटने और उन्हें आनंद प्रदान करने से सार्थक अनुभव और क्या हो सकता है?

हमारे सामाजिक और व्यक्तिगत जीवन परस्पर कटे हुए नहीं हैं। वे दोनों अंतःनिर्भर हैं, अतः सामाजिक सरोकार के अभाव में तनाव प्रबंधन का संपूर्ण व आध्यात्मिक रूप सामने आ ही नहीं सकता।

आध्यात्मिकता तभी संपूर्ण हो पाती है, जब इसे बाहरी तौर पर, सामाजिक जीवन व दान आदि में प्रकट किया जाए।

गंभीर जिज्ञासु पहले केवल अपने ही तनाव का प्रबंधन करेगा, फिर श्वसन तकनीकों व ध्यान के अभ्यास से वह अपने भीतरी मौन से एकाकार हो पाएगा और अंततः देखेगा कि निरंतर अभ्यास से किस प्रकार उसके जीवन के सभी पहलुओं में सुधार हो रहा है और इस तरह यह सादा सा तनाव प्रबंधन हमें हमारी छिपी क्षमता तक ले जाता है, बुद्धिमता और सृजनशीलता का उदय होता है और हमारे भाव व बोध में भी निखार आता है। लगातार अभ्यास करने वाले अधिकतर साधक आंतरिक प्रशांति व मानसिक स्पष्टता पाते हैं, जो कि उनके जीवन में बहुत महत्व रखते हैं।

आध्यात्मिकता का संबंध केवल ध्यान के आसन तक ही नहीं है। यदि आप कोई कर्म नहीं करते, तो यह आपकी भूल है, क्योंकि आप मानते हैं कि आपके योगदान से कोई अंतर नहीं पड़ने वाला आप जो बोएंगे, वही काटेंगे और आप जो भी कहेंगे या करेंगे या नहीं कहेंगे या करेंगे; उन सबका प्रत्युत्तर नहीं पाएँगे। सब कुछ एक-दूसरे से जुड़ा है और जीवन में देर-सवेर उसका प्रकटीकरण हमेशा होता है। इस बात से अंतर पड़ता है कि क्या मैं जीवन में सक्रिय हूँ कि मैं कुछ करने का साहस रखती हूँ या केवल फुटबॉल का मैच देखते हुए अपनी आरामकुर्सी से केवल परामर्श भर ही देती हूँ। जीवन की जिन परिस्थितियों को मैंने सही पाया, वे अब कठिन भी हो सकती

हैं और यहाँ तक कि मैं कभी-कभी मायूस भी होती हूँ, पर अहम बात तो यह है कि क्या मैं अपने ऊपर तूफान के टूट पड़ने तक प्रतिक्रियाहीन रहती हूँ या मुझमें सक्रिय रूप से आगे आने व सामना करने का भाव है।

साहस, निर्भीकता, विश्वास व भरोसा ध्यान के ही फल हैं। यदि हम इन बलों को रोके रखें, तो इनका प्रभाव क्षीण हो जाता है, किंतु यदि हम इन्हें जीवन में शासन करने दें व लोगों तक जाने दें, तो अनेक सच्चे चमत्कार तक घट सकते हैं।

श्वास सदा वर्तमान है

मन एक पतंग की तरह है और श्वास उसकी डोर है। जिस तरह आप डोर से पतंग को काबू रखते हैं, उसी तरह सांस के माध्यम से मन को भी नियंत्रित रख सकते हैं।

हमारे श्वास के ढांचे में हर विचार, हर सोच प्रतिबिंबित होती है। अपने आध्यात्मिक संकल्प या शक्ति के बल पर हम अपने विचारों को थोड़े समय के लिए व सीमित रूप में ही प्रभावित कर सकते हैं, किंतु श्वास के साथ यह सदैव संभव है और आसानी से घटता है। श्वास ही जीवन है और यही तत्काल व वर्तमान है। हम अतीत या भविष्य में सांस नहीं ले सकते। श्वास से ही उपस्थिति व भीतरी विस्तार का उदय होता है। श्वास का आपकी सोच व विचार जगत से सीधा संबंध है। श्वास हमेशा से ही 'अब' है, जैसे किसी बीमार वृक्ष का इलाज उसकी मृत पत्तियों व शाखाओं से नहीं, बल्कि उसकी जड़ों से होता है, उसी तरह आध्यात्मिक तनाव प्रबंधन में श्वास को

भी हमारे अपने ही स्रोत तक जाने के लिए एक महत्वपूर्ण साधन के रूप में प्रयोग किया जाता है।

पूर्वी परंपराओं में हज़ारों वर्षों से श्वसन तकनीकों (प्राणायाम) का प्रयोग मन को निर्देशित करने के लिए किया जाता रहा है – हमारी भावनाएं और हमारी सोच रचनात्मक रूप से हमारे मनोभावों को प्रभावित करते हैं। भारत के महान विद्वानों में से एक पतंजलि ने अपने ग्रंथों में श्वसन तकनीकों का वर्णन किया है। वे योगसूत्र में योग के अष्टांग पथ का परिचय देते हैं। श्री श्री रवि शंकर ने अपनी व्याख्यानमाला में योग सूत्र की व्याख्या करते हुए, हमारे समय के लिए पतंजलि के कथनों का भावार्थ भी प्रस्तुत किया है। निश्चित रूप से पतंजलि के कारण ही यौगिक श्वसन तकनीकों का ज्ञान आज हमारे बीच उपस्थित है।

श्वसन तकनीकें एक शक्तिशाली साधन हैं। हमारी ऊर्जा का स्तर जितना उन्नत होगा, हमारा मन उतना ही स्पष्ट व शांत रहेगा। मौन में ही शक्ति छिपी है और इसी से सृजनशीलता व बुद्धिमत्ता का उदय होता है। श्वास ही मन, शरीर व भावों के बीच का संपर्क सूत्र है। यही ऊर्जा है, हमारे कर्मों के पीछे छिपी दिव्य शक्ति! जब हम परेशान होकर अपना आपा खो देते हैं या जब हम प्रसन्न होते हैं, तो ये सभी अलग-अलग मनोभाव या मूड हमारे श्वास की लय से साफ़ प्रकट होते हैं। हम श्वास पर ध्यान केंद्रित करते हुए, अपने भावों व विचारों से जुड़े हर मानसिक ढांचे को पहचानते हुए अपने ही ओर प्रवाहित होने की ऊर्जा भी पा सकते हैं।

पहला विश्राम लें

योग निद्रा

आध्यात्मिक तनाव प्रबंधन का अर्थ है; सजग रूप से अपने नज़रिए को बदलते हुए, कर्म के बाहरी स्तर से स्व के भीतरी स्तर तक आना, यानी तार्किक बाएं मस्तिष्क से सृजनशील दाएं मस्तिष्क तक आना। हम जितनी गहनता से शिथिलता का अनुभव करेंगे, हमारा कर्म उतना ही गतिशील व ऊर्जावान हो जाएगा। सजग भाव से बाहरी गतिविधि से आंतरिक प्रशांति व सहजता तक जाने के लिए कोई विशेष प्रयास नहीं करना पड़ता। थोड़ा अभ्यास ही पर्याप्त होगा। योग निद्रा – योगी की निद्रा भी एक गहन शिथिलता है, जो विश्राम व गतिविधि के बीच आंतरिक संतुलन को पुनःस्थापित करते हुए, कुछ ही क्षणों में आपको मानसिक रूप से तरोताज़ा कर देती है।

> **तैयारी** – अपनी पीठ के बल लेट जाएं। अभ्यास के समय अपने दिमाग़ से सारी बातें निकाल दें। अपने पास एक कंबल रखें, ताकि सर्दी लगने पर उसे ओढ़ा जा सके। यदि आप चाहें, तो रीढ़ की हड्डी को स्थिर रखने के लिए घुटनों के नीचे एक तकिया भी लगा सकते हैं। चाहें तो इस अभ्यास को बैठ कर भी कर सकते हैं। कुर्सी पर आराम से बैठें व

रीढ़ की हड्डी सीधी रखें, यदि चाहें तो इसे थोड़ा झुका लें। ध्यान दें कि बारह से पंद्रह मिनट के अभ्यास के दौरान कोई आपका ध्यान भंग न करे। उस समय अपना मोबाइल फ़ोन भी बंद कर दें।

निष्पादन – मानसिक रूप से शरीर के प्रत्येक अंग पर बारी-बारी ध्यान दें। दाएं पांव से आरंभ करें, फिर पूरे दाएं पैर, बाएं पैर, पूरे बाएं पैर, नितंबों, पेट के निचले हिस्से, पेट, दाएं हाथ, दाएं बाज़ू, फिर बाएं हाथ, बाएं बाज़ू, छाती, गर्दन, गले व सिर पर ध्यान केंद्रित करें। जब सांस भीतर लें तो प्रत्येक अंग को फ़र्श से कुछ इंच ही ऊंचा उठाएं, मांसपेशियों के तनाव को बनाए रखें और पांच से आठ सेकंड तक सांस लें, फिर शिथिल भाव से मुंह से 'हा' की ध्वनि के साथ बाहर छोड़ें। अभ्यास के अंत में जब शरीर के सारे अंग विश्रामावस्था में आ जाएं, तो एक-दो क्षण तक शरीर का भीतर से निरीक्षण करें और यह देखें कि वहां क्या घट रहा है।

गहरी सांस भीतर लेते हुए अभ्यास का अंत करें और हाथ-पैर धीरे से हिलाएं। यदि आप एक कुर्सी पर बैठे हैं, तो अब आप अपनी आंखें खोल सकते हैं। यदि लेटे हैं, तो हृदय पर आए तनाव को हलका करें, पहले दाईं करवट लें और बैठने से पहले दो-तीन सांस अवश्य ले लें।

आत्मज्ञान ही पहला चरण है

इस बात का क्या प्रमाण है कि आत्मज्ञान हुआ है? इस बात का क्या प्रमाण है कि आपकी टांग में दर्द है? आपको कैसे पता चला कि आपकी टांग में दर्द है? एक बार आत्मज्ञान हो जाए तो ऐसे प्रश्न खड़े ही नहीं होंगे। दूसरों से पूछना कि क्या उन्हें आत्मज्ञान है या नहीं, यह अज्ञानता है। आत्मज्ञान होने के बाद हमें किसी प्रकार के प्रमाण की आवश्यकता नहीं रह जाती। जिस तरह आपकी पीड़ा अपने-आप में प्रमाण है, इसी तरह आत्मज्ञान भी अपने आप में प्रमाण है। इसके साथ ही स्वयं को आत्मज्ञान से जुड़ी फ़ैंटेसी व कल्पनाओं में न धकेलें। सहज व स्वाभाविक रहें। आप जो हैं, वही हैं, इसलिए शान्त रहें। कुछ करने से आत्मज्ञान नहीं होता, यह तभी संभव है, जब आप पूरी तरह से रिलैक्स हों, आप पूरी तरह से रिलैक्स तब होते हैं, जब आप कुछ करते हैं। आप श्वसन तकनीकों व योग के माध्यम से वैसी शिथिलता पा सकते हैं।

अपने भीतर झांकना और यह देखना कि वहां क्या चल रहा है, किस बात से हमें खीझ आती है, किस बात से हम डरते हैं या कुंठित होते हैं; यह बहुत महत्व रखता है। इस सजगता के बिना और किसी भी तरह के प्रयास फलीभूत नहीं हो पाएंगे। आप यूं ही अंधेरे में हाथ-पैर मारते रह जाएंगे। हो सकता है कि आपको पता चले कि आपके मन में दूसरों के प्रति पूर्वाग्रह व धारणाएं हैं; यह भी संभव है कि निश्चित परिस्थितियां, व्यक्ति व अवस्थाएं आपको व्यथित व व्याकुल कर रहे हों। यह बात महत्व रखती है कि आप ऐसी भावनाओं का न तो दमन करें और न ही उनकी सफ़ाई देने की कोशिश करें, बस उन्हें पहचानें और स्वीकारें।

श्वास इस विषय में सहायक होगी। श्वास नकारात्मक भावनाओं को घटाने में अहम भूमिका निभाती है और साथ ही ऊर्जा के अभाव को भी पूरा करती है। सांस लेना ही जीवन का सबसे पहला कर्म है और सांस छोड़ना जीवन का सबसे अंतिम कर्म है। श्वास आजीवन हमारा साथ निभाती है, जबकि हम इसकी ओर ध्यान तक नहीं देते।

वस्तुतः श्वास ही सभी मानवीय मूल्यों के पीछे छिपी शक्ति है।

जब कोई व्यक्ति तनाव ग्रस्त होता है, तो उसका बोध, निरीक्षण की शक्ति व भाव आदि सीमित हो जाते हैं। इस तनाव से बचने के दो ही उपाय हैं या तो काम का भार घटा दें या अपने ऊर्जा के स्तर को बढ़ाएं। वर्तमान परिस्थितियों में तो ऊर्जा के भंडार में वृद्धि का उपाय ही मुझे अधिक कारगर लगता है।

दूसरा विश्राम लें

उचित शिथिलता से सब कुछ आसान हो जाता है

किसी कली की तरह मनुष्य जीवन में भी पूरी खिलावट की संभावना छिपी होती है।

योग हमें यह ज्ञान संपदा प्रदान करता है कि जीवन के सभी पहलुओं में समत्व का भाव कैसे लाया जा सकता है। योग का लक्ष्य तो यही है कि आप एक शांत व संतुलित भावात्मक अवस्था पा सकें, ताकि हमारी पूर्ण मानव क्षमता विकसित हो सके। योगाभ्यास से हमारा शरीर स्वाभाविक रूप से अधिक लचीला हो जाता है। यद्यपि कुछ शारीरिक व्यायामों से हम कुछ इंच बढ़ा सकते हैं, किंतु इसका प्राथमिक उद्देश्य यही है कि हम अपनी सजगता को प्रशिक्षित कर सकें। आपको पूरे आनंद, देखभाल, ध्यान व आदर के साथ अभ्यास करते हुए, अपनी सीमाओं को भी पूरा मान देना चाहिए। यदि इन व्यायामों के साथ आपने उचित रूप से श्वास तकनीकों का भी मेल किया तो इनका प्रभाव और भी गहरा होगा। निम्नलिखित व्यायाम विशेष तौर पर उन लोगों के लिए अच्छे हैं, जो लंबे घंटों तक कंप्यूटर स्क्रीन पर काम करते हैं। समय-समय पर स्वयं को थोड़ा ब्रेक देते हुए ये व्यायाम करना न भूलें।

शरीर को खिंचाव देना

- कुर्सी के आगे वाले हिस्से पर सीधा बैठें। अपनी बांहें सीधी फैलाते हुए सिर के ऊपर ले जाएं। दोनों हाथों की अंगुलियां आपस में इस तरह मिलाएं कि आपकी हथेलियां बाहर की ऊपर की ओर हो जाएं।

- फिर सांस भीतर लेते हुए, अपनी बाजुएं उतनी ऊपर ले जाएं, जिससे कि कंधे उचकाने न पड़ें।

- धीमी गति से श्वास लेते हुए, पहले बाईं ओर खिंचाव देते हुए मुड़ें और फिर दाईं ओर, अंगुलियां आपस में उसी तरह मिली हों और बाज़ू ऊपर की ओर फैले हों। यदि ऐसे में जम्हाई आए, तो उसे आने दें, खुल कर जम्हाई लें।

कंधों को आराम देना

- कुर्सी के आगे वाले हिस्से पर सीधा बैठें। दोनों हथेलियां कंधों पर रखें, बाईं हथेली बाएं कंधे पर तथा दाईं हथेली दाएं कंधे पर होना चाहिए, फिर अपनी कोहनियां एक साथ छाती के आगे ले आएं।

- सांस भीतर ले जाते हुए कोहनियों को बाहर की ओर ले जाएं और फिर अर्द्धगोलाकार मुद्रा में ऊपर की ओर ले जाएं। जब सांस बाहर छोड़ें, तो उन्हें अर्द्धगोलाकार मुद्रा में नीचे लाते हुए, आगे ले आएं। आपका सिर सीधा होना चाहिए।

- व्यायाम को कुछ बार दोहराएं, सांस भीतर लेते हुए ऊपर की ओर गतिशील हों और सांस छोड़ते हुए नीचे की ओर गतिशील हों, फिर अपने दोनों हाथ जांघों पर रखें और हथेलियां ऊपर की ओर हों, अब कंधों व छाती के सारे हिस्से को गहराई से महसूस करें।

गर्दन को आराम दें

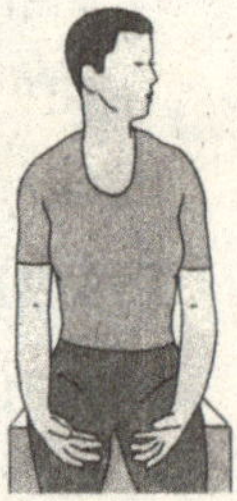

- कुर्सी पर पीछे की ओर, आरामदायक मुद्रा में बैठें व आगे की ओर देखें। दोनों हाथ जांघों पर टिके हों और हथेलियां ऊपर की ओर हों।

- जब आप सांस भीतर लें, तो कंधे हिलाए बिना, सिर को जितना संभव हो सके, बाईं ओर ले जाएं।

- जब आप सांस छोड़ें, तो फिर से बीच में लौट आएं।

- अगली सांस भीतर लेते हुए, सिर को दाईं ओर ले जाएं व साथ ही नज़र भी उसी

ओर हो, इस दौरान आपके कंधे नहीं हिलने चाहिए। धीमी श्वास गति के साथ इस व्यायाम को कई बार दोहराएं।

- फिर व्यायाम को दोहराएं, पहले अपने दाएं बाज़ू का प्रयोग करें। जब सांस भीतर लें, तो दाईं बाज़ू को जितना हो सके, पीछे की ओर ले जाते हुए ऊंचा उठाएं और आधा गोला बनाएं। इसके दौरान आपकी नज़र दाईं हथेली की तरफ़ होना चाहिए। पूरे शरीर को इस गतिविधि में शामिल करें। आपकी नज़र आपके बाज़ू की गति का अनुसरण करे, जिससे गर्दन की गतिविधि भी होगी और कंधों व गर्दन के आसपास के हिस्सों को भी आराम आएगा। आपका दूसरा हाथ जांघ पर आराम से टिका होना चाहिए।

- जब आप सांस बाहर छोड़ें, तो बाज़ू को, जितना संभव हो सके, नीचे की ओर ले आएं और पीछे से आगे की ओर लाते हुए चक्र पूरा करें। आपकी नज़र दाईं हथेली पर टिकी होना चाहिए।

- इस व्यायाम को दाईं बाज़ू से कई बार दोहराएं और फिर बाईं बाज़ू से व्यायाम करें। अंत में हाथ की हथेलियां जांघ पर रखें और अपना ध्यान पूरे शरीर पर केंद्रित रहने दें।

रीढ़ की हड्डी को आराम दें

- यह व्यायाम आपकी पूरी पीठ को आराम देने के लिए बना है और इसके साथ ही यह आंतरिक अंगों की भी हलकी मालिश करता है। अपनी रीढ़ की हड्डी सीधी रखते हुए, कुर्सी के आगे वाले हिस्से पर बैठ जाएं। अपने नितंबों से कुर्सी की सीट के स्पर्श के प्रति सजग रहें। अपने हाथ जंघाओं पर रखते हुए हथेलियां ऊपर की ओर रखें। पूरे व्यायाम के दौरान नितंब इसी अवस्था में रहने चाहिए। अब एक गहरी सांस लें।

- सांस बाहर छोड़ते समय, पेल्विस की टिप को जितना संभव हो सके, पीछे की ओर ले जाएं और रीढ़ की हड्डी को पीछे की ओर गोलाई में मोड़ें, एक बिल्ली की तरह, अपने चिबुक को छाती से स्पर्श करें।

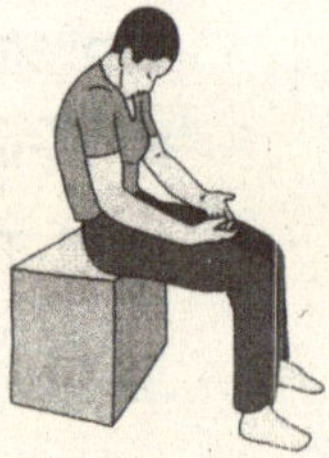

- सांस भीतर लेते हुए इसके विपरीत करें – पेल्विस को जितना संभव हो सके, आगे की ओर मोड़ें और अपनी पीठ के पिछले हिस्से के बीच में थोड़ा-सा ख़ाली स्थान पैदा करें। सिर ऊपर की ओर मुड़ा व पीछे की ओर झुका हो। एक धीमी व लययुक्त श्वास लेते हुए, इस व्यायाम को अनेक बार दोहराएं।

पूरी पीठ को गतिमाान रखें, ताकि पूरे ऊपरी शरीर में गति एक लहर की तरह दौड़ सके।

पीठ के निचले हिस्से का खिंचाव

- कुर्सी के आगे वाले हिस्से पर रीढ़ की हड्डी सीधी रखते हुए बैठें व हथेलियां जांघों पर टिकी हों। कोहनियां हलकी-सी मुड़ी हों।
- अपनी सांस भीतर लेते हुए, हाथों को सहारे की तरह प्रयोग में लाएं, नितंबों को हलका-सा आगे की ओर मोड़ें और छाती व स्टर्नम को ऊपर की ओर लाएं।

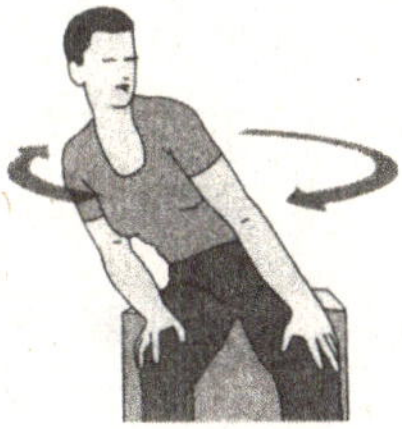

- जब सांस बाहर छोड़ें, तो बाएं हाथ पर थोड़ा अधिक दबाव दें, ताकि ऊपरी शरीर दाईं ओर झुक जाए और फिर ऊपरी शरीर को हलके घुमाव के साथ पीछे की ओर मोड़ें।

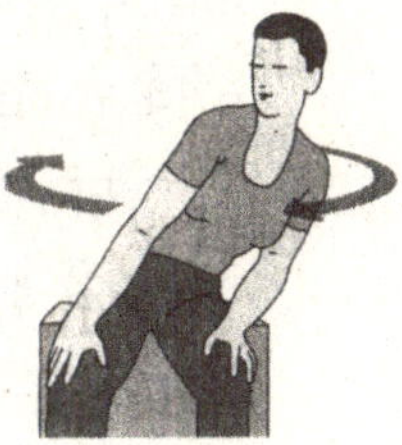

- जब आप सांस भीतर लें तो दाएं हाथ पर और अधिक दबाव डालें, ताकि ऊपरी हिस्सा आगे व बाईं ओर मुड़ते हुए हलका घुमाव ले ले। शरीर के ऊपरी हिस्से को कई

बार इसी तरह घुमाएं व साथ-साथ दिशा बदलें। पूरे व्यायाम के दौरान अपने नितंबों का कुर्सी की सीट से स्पर्श रहने दें और रीढ़ की हड्डी सीधी रखें। जब व्यायाम समाप्त कर लें, तो स्थिर व सीधी स्थिति में आ जाएं और अपने पूरे शरीर को भीतर से महसूस करें।

अपनी रीढ़ की हड्डी में लोच लाएं

- अपनी रीढ़ की हड्डी को सीधा रखते हुए बैठें, ऐसी कुर्सी लें, जिसमें पीछे की ओर टेक हो तथा उसके किनारे पर बैठा जा सके। अपनी टांगें कुर्सी की दाईं ओर रखें तथा जितना हो सके, शरीर के दाएं हिस्से को कुर्सी की टेक के समीप रखें। पूरे व्यायाम के दौरान रीढ़ की हड्डी सीधी रहेगी। गहरी सांस भीतर लेते हुए, सजग रूप से स्टर्नम को ऊपर की ओर उठाएं।

- सांस बाहर छोड़ते समय, हाथों को टेक के बाईं और दाईं तरफ़ टिकाएं और हलके से शरीर के ऊपरी हिस्से को दाईं ओर मोड़ें। जितना हो सके, अपने सिर को आरामदायक तरीक़े से दाईं ओर मोड़ें। रीढ़ की हड्डी सीधी रहना चाहिए। गहरी सांसें लेते हुए, कुछ देर इसी मुद्रा में रहें, पूरे स्पाइनल कॉलम में इस घुमाव को महसूस करें। हर बार सांस छोड़ते समय स्ट्रैच को थोड़ा और गहराई में ले जाएं।

- जब आप सांस भीतर लें, तो फिर से पहले वाली मुद्रा में आ जाएं और एक क्षण के लिए महसूस करें कि कैसा लगता है, फिर कुर्सी के दूसरी ओर बैठ कर व्यायाम को दोहराएं और बाईं ओर हलके घुमाव के साथ मुड़ें।

श्वसन कला एक वैज्ञानिक दृष्टिकोण

पांच हज़ार वर्ष से भी पहले, श्वसन योग विज्ञान ने पहचान लिया था कि किस तरह मन व भाव स्वास्थ्य को प्रभावित करते हैं। अनेक अध्ययनों से भी इनके सुदूरगामी परिणामों का पता चला है (कृपया www.aolresearch.org/published_research.html पर देखें)।वे श्री श्री रवि शंकर द्वारा स्थापित सुदर्शन क्रिया के श्वसन अभ्यासों पर केंद्रित हैं। इस पुस्तक में वर्णित प्राणायाम अभ्यास के प्रभाव पर भी अनेक शोध हो चुके हैं।

अध्ययन में, अभ्यास करने वाले साधकों के चिकित्सकीय परीक्षणों से पता चला कि उनके ई ई जी ढांचे में काफ़ी परिवर्तन आते हैं। बाएं फ़्रंटल व ऑसीपिटल लोब के अलावा दिमाग़ के केंद्रीय भाग में भी बीटा गतिविधि का उच्चतम स्तर पाया गया है। आजकल न्यूरोलॉजिस्ट इस प्रकार की गतिविधि की व्याख्या, बढ़ी हुई मानसिक उपस्थिति के रूप में करते हैं, यद्यपि और भी सटीक परिणाम अभी प्रतीक्षारत हैं।

एक अध्ययन से पता चला कि कोर्टीसोल के स्तर में भी उल्लेखनीय कमी आती है (कोर्टीसोल को स्ट्रेस हारमोन के रूप में जाना जाता है)। अध्ययनों से पता चला है कि श्वसन तकनीकों के

नियमित अभ्यास से शिथिलता के स्तर में वृद्धि हो सकती है और तनाव के प्रति संवेदनशीलता में भी कमी आती है। तनाव की एक और जैव रसायनिक माप; लेक्टेट स्तर (रक्त में लेक्टिक एसिड की मात्रा) में भी कमी पाई गई।

मानव शरीर निरंतर विविध पर्यावरणीय प्रभावों के संपर्क में आ रहा है और हमारे मेटाबॉलिज़्म को सेल्फ़लर स्तर पर निरंतर ब्रेकडाउन उप-उत्पादों से जूझना पड़ रहा है। इन दोनों कारकों के कारण फ़्री रेडीकल्स का निर्माण हो सकता है। ये ऑक्सीजन के साथ प्रतिक्रिया करते हुए ऑक्सीडेटिव हानि का कारण बनते हैं, जिससे कार्डियोवास्कुलर या स्ट्रोक जैसे अनेक रोगों का खतरा पैदा हो सकता हैं। इन फ्री रेडीकल्स से बचाव के लिए मानव शरीर में एंटीऑक्सीडेंट एंजाइम के रूप में बचाव तंत्र होता है। एक अध्ययन के अनुसार तीन प्रमुख एंटीऑक्सीडेंट एंजाइमों – सुपरऑक्साइड डिसमस्टास, कैटालेस व ग्लूटाथियोन के स्तर में भी वृद्धि होती है। परिणाम दर्शाते हैं कि नियमित रूप से श्वसन क्रियाओं का अभ्यास करने वालों के एंटीऑक्सीडेंट के स्तर में सुधार होता है और ऑक्सीडेटिव नुक़सान से बचाव के लिए प्रतिरोध तंत्र में मजबूती आती है।

तनाव ही हाइपरटेंशन व कोरोनरी हृदय रोगों का प्रमुख कारण है। ये रोग आर्टरी वॉल पर एलडी एल कॉलेस्ट्रॉल, वसा व दूसरे तत्वों के जमाव को दर्शाते हैं, जिनके कारण रक्त के प्रवाह में कमी आती है या हार्ट में ब्लॉकेज तक आ जाती है। एक अध्ययन से पता चला है कि नियमित अभ्यास से कुल कॉलेस्ट्राल में कमी आती है और हानिकारक एलडीएल के स्तर में कमी के साथ-साथ लाभदायक एचडीएल के स्तर में वृद्धि होती हैं। इन परिणामों से पता चलता है

कि श्वसन व्यायाम रक्त में कॉलेस्ट्रॉल प्रोफ़ाइल को सुधारते हैं और इनके नियमित अभ्यास से उच्च रक्तचाप व कोरोनरी हृदय रोगों की रोकथाम की जा सकती है।

इटली में, 2009 में हुए एक पायलट अध्ययन से संतोषजनक परिणाम सामने आए हैं, जिसमें सुदर्शन क्रिया को अवसाद रोगियों की चिकित्सा के लिए सहायक थेरेपी के रूप में इस्तेमाल किया गया। छः माह के बाद हुए परीक्षणों से पता चला कि अवसाद रोगियों के अवसाद में साठ प्रतिशत तक कमी आई थी और उनकी व्यवहारगत योग्यताओं में भी सुधार हुआ था। इसी से कोई भी सुरक्षित रूप से अनुमान लगा सकता है कि श्वसन व्यायाम ऑटोनॉमिक नर्वस सिस्टम पर सकारात्मक प्रभाव डालते हैं, जिससे हमारे तनाव प्रबंधन की योग्यता पर भी सकारात्मक प्रभाव होता है। इन श्वसन व्यायामों को अध्ययन के लिए चुना गया, क्योंकि व्यक्तिगत निर्देश के बाद इन्हें रोगी घर पर अकेले भी कर सकते हैं और इन्हें करने में अधिक समय भी नहीं लगता। इतने कम समय में ऐसे उल्लेखनीय परिणाम पाने के कारण ही रोगी इन्हें आगे भी करते रहने के लिए प्रोत्साहित होते हैं।

इसके अतिरिक्त, द आर्ट ऑफ़ लिविंग की मानवतावादी सहायता परियोजनाओं के भाग के रूप में, श्वसन तकनीकों को 2004 में आई भयंकर सुनामी से बचे व्यक्तियों के लिए भी प्रयोग किया गया। आठ माह के अध्ययन के बाद हुए परीक्षणों में उन व्यक्तियों ने प्रश्नावलियों के माध्यम से बताया कि उनके अवसादग्रस्त लक्षणों में काफ़ी हद तक कमी आई थी और जीवन की गुणवत्ता में सुधार हुआ था। अध्ययन के आरंभ में अनेक ने कहा कि यहां तक कि सागर की हानि रहित

लहरों के स्वर भी उनके भीतर भयभीत कर देने वाले भाव जगा देते थे इसलिए वे अपने गांव लौट कर मछुआरे का सामान्य जीवनयापन करने से भी कतरा रहे थे। अध्ययन के निष्कर्ष में, भारत के दक्षिणी-पश्चिमी तट पर बसे नागापट्टनम जिले के पचास मछुआरों के गांवों से बचे 183 लोगों ने स्वीकारा कि वे उद्वेग, अनिद्रा और विपदा के दुःख से उबरने में सफल रहे और उनमें से कुछ तो अपने गांव भी लौट गए।

यदि इसे सादा और कम वैज्ञानिक रूप में लें, तो सही मायनों में सांस लें और गहरी सांस लें, जो कि आपके लिए अच्छी है।

श्वास के शारीरिक पक्षों के अलावा, मानसिक पक्ष भी अहम भूमिका निभाता है। वह हमें किसी भी मामले को उचित नज़रिए व दृष्टिकोण से देख पाने की शक्ति प्रदान करता है, क्योंकि हम प्रायः 'बहुत आवश्यक' और 'महत्वपूर्ण' के बीच उलझ जाते हैं। मैं कहां से आया हूं, मैं कहां जा रहा हूं, मैं कौन हूं? जीवन के अर्थ, आत्म-प्रतिबिंबन व जीवन की गुणवत्ता में सुधार से जुड़े अनिवार्य प्रश्न मनुष्य के लिए बहुत महत्व रखते हैं। यदि हम चाहते हैं कि हमें द्वार खुले मिलें तो केवल विचारों में लीन रहना ही पर्याप्त नहीं होगा। जब कारण व अर्थ तथा जीवन के उद्देश्य के बारे में गहन प्रश्न खड़े होने आरंभ होंगे, तभी हम सही मायनों में जीना आरंभ कर सकते हैं। इन तत्वपरक प्रश्नों के उत्तर पाने के लिए हड़बड़ाहट न मचाएं। पूरा समय लें, इन पर विचार करें, स्वयं को चमत्कार करने की अनुमति दें और श्री श्री द्वारा तनाव रहित जीवन के लिए दी गई प्रज्ञा से प्रेरित हों।

तनाव रहित जीवन के लिए श्री श्री की प्रज्ञा

अपने जीवन के संदर्भ का पुनःनिरीक्षण करें

समय के प्रकाश में अपने ही जीवन को देखें। करोड़ों वर्ष बीत गए हैं और करोड़ों वर्ष अभी आएंगे। आपका जीवन क्या है? 60, 70 या फिर 100 साल? जीवन की अवधि कोई महत्व नहीं रखती। यह तो सागर में एक बूंद तक नहीं है। यदि काल के अनुसार देखें, तो आप कोई अस्तित्व ही नहीं रखते! इसी समझ से अहं का अंत होता है। आपकी अपनी वास्तविकता व अस्तित्व के प्रति अज्ञानता ही तो अहं है। अब, इसे जानने के लिए क्या हमें कुछ और करना होगा? बस अपनी आंखें खोलें – मैं कौन हूं? मैं इस ग्रह पर कैसे हूं? मेरा जीवनकाल क्या है? मन में सजगता का उदय होगा और आप छोटी-छोटी बातों की चिंता करना छोड़ देंगे; जैसे – 'इस व्यक्ति ने मुझसे ऐसा कहा या उस व्यक्ति ने मुझसे दोस्ती तोड़ दी और उस व्यक्ति के साथ यह हुआ और मैं यह कहने जा रहा हूं।' सारी क्षुद्रता और छोटापन कहीं विलीन हो जाएंगे, आप अपने जीवन के प्रत्येक क्षण को जीने के योग्य होंगे।

आपका जीवन आपके प्रसंग या संदर्भ के आसपास घूमता है। आपको जीवन में प्रसन्न रहना चाहिए। जीवन के बाक़ी सभी व्यापारों में उतार-चढ़ाव आता रहता है जो कि एक स्वाभाविक प्रक्रिया है। अगर एक शरीर है तो उसे सर्दी, खांसी, ज़ुक़ाम और बुख़ार भी होगा और ठीक भी हो जाएगा पर आप यह ध्यान रखें कि आपकी भीतरी प्रसन्नता सदा बनी रहे। यही पुरुषार्थ कहलाता है। हमारे प्रेम, विश्वास और भरोसे की जड़ें मज़बूत होनी चाहिए, ताकि सब

कुछ सहज भाव से चलता रहे। जीवन में कितनी घटनाएं घटती हैं? क्या आप सदैव अपना समत्व भाव क़ायम रखते हैं? इस संसार में सब कुछ मीठा नहीं होता। यदि आप भूसी सहित अनाज की तरह विश्वास में लिपटे हैं, तभी आप प्रगति कर सकेंगे।

यह निर्णय लें – 'चाहे जो भी हो, मैं वर्तमान में उपस्थित रहूंगा। मैं वास्तविकता के धरातल पर टिका रहूंगा। ईश्वर स्वयं मेरे रक्षक हैं। चाहे जो भी हो, मैं हार नहीं मानूंगा। ईश्वर की छत्रछाया सदा मुझ पर बनी रहेगी।' सभी परिस्थितियों में अपने मन को शांत रखें। बाक़ी सब स्वयं ही ठीक हो जाएगा। आपको एक क़दम तो आगे बढ़ाना ही होगा, जो कि शांति और समत्व से ओतप्रोत होगा। 'ओह! कुछ नहीं हुआ। मेरा कोई काम नहीं हुआ' अगर आप ऐसे हालात में भी हंस सकते हैं, तो जान लें कि आपके पास अपना बचाव मौजूद है! यह संसार प्रेम से भरपूर है। प्रत्येक के भीतर प्रेम समाया है। आपको उसे अपने मन से पहचानना होगा। कुछ ही सालों में आपका सिर के बाल कीचड़ हो जाएंगे पर जब तक आप जीवित हैं, तब तक अपने सिर में कीचड़ न जाने दें। यदि आप अपने जीवन के प्रसंग व संदर्भ पर एक नज़र मारेंगे, तो आपके जीवन की गुणवत्ता में सुधार होगा।

जीवन में अस्थायित्व को जानें

इस जीवन की नश्वरता को जानें। यही सत्य है। पीछे मुड़ कर देखें कि अब तक आपने जो भी किया, वह सब एक सपना ही तो था। सब बीत गया है, सब कुछ खत्म हो गया है। कल भी बीत जाएगा। बस यदा-कदा अप्रसन्नता का एहसास जागता है और यह आपको

आपकी प्रसन्नता का भान कराता है। यदि आपने जीवन में कभी भी अप्रसन्नता के पल न देखे होते, तो आप प्रसन्नता के पलों का भी स्वाद नहीं ले पाते। आपका जीवन एक नीरस दिनचर्या में उलझ कर रह जाता और आप एक पत्थर बन जाते, तो हमेशा-हमेशा के लिए अपने को जीवंत बनाए रखने के लिए प्रकृति आपको हलका-सा टहोका देती है। इससे जीवन और भी जीवंत हो जाता है। इसे स्वीकार करें!

आपको जीवन से भयभीत होने की आवश्यकता नहीं है। आपके लिए हमेशा सहारा मौजूद होता है। आपके जीवन में आने वाली हर बाधा या छोटा-बड़ा झटका भलाई के लिए ही होता है, ताकि आपका जीवन और भी जीवंत और आनंददायी बन जाए। आप दिन-रात कड़ा परिश्रम करते हैं। सारा सप्ताह काम करने में बीत जाता है, रात को थक कर घर लौटते हैं और खाना खा कर सो जाते हैं। अगले दिन भी वही दिनचर्या होती है। सप्ताहान्त भी ऐसा ही रुटीन बन जाते हैं। यदि आप जागृत हैं तो आप इस मूर्खता को देख सकते हैं! जब चार-पांच लोग एक साथ हों तो उन्हें गप्पें लगाते देखें। गपशप के दौरान आप तत्काल बातचीत का विषय बदल सकते हैं। भीड़ के साथ भी ऐसा ही होता है। यदि दस लोग केवल मौसम की बात कर रहे हैं और अगर आप स्टॉक मार्केट की बात छेड़ दें, तो हर कोई वही बात करने लगेगा, भले ही उन्हें उस बारे में जानकारी हो या नहीं! ये बड़ी मज़ेदार चीज़ है। अपने जीवन के अस्थायी तत्व को जान लेने के बाद आपको पता चलेगा कि आपके भीतर ऐसा कुछ है, जो कभी नहीं बदलता। यह एक संदर्भ बिंदु है, जिसके माध्यम से चीज़ें बदलती हैं। वही संदर्भ बिंदु

ही जीवन का स्रोत है। यह प्रज्ञा है। प्रज्ञा से ही आपके जीवन में सुधार आता है।

एक छात्र बने रहें

हमेशा यह जान लें कि आप हमेशा के लिए एक छात्र ही हैं। किसी को भी कमतर न आंकें। आप किसी भी कोने से ज्ञान पा सकते हैं। यह प्राचीन कहावत याद रखें 'मेरे पास चारों ओर से ज्ञान का प्रवाह होता रहे' हर अवसर व हर व्यक्ति आपको कोई-न-कोई सीख देता है। यह संसार ही तो आपका शिक्षक है। जब आप हमेशा कुछ-न-कुछ सीखने को तैयार रहेंगे, तो आप दूसरों को हीन या कमज़ोर मानना बंद कर देंगे। आपके जीवन में विनय का उदय होगा।

अनुमान से परे रहें

हम प्रायः मशीनों की तरह पेश आते हैं। किसी के द्वारा की गई प्रशंसा से हमारे चेहरे पर मुस्कान खेल जाती है और अपमान से हमारी त्योरियां चढ़ जाती हैं। यह आवश्यक नहीं होता कि हम हमेशा एक ही तरह से अपनी प्रतिक्रिया दें। आपको अलग तरह से अपनी प्रतिक्रिया देने की पूरी स्वतंत्रता है। आपको पूछे गए सभी सवालों का जवाब देने की भी आवश्यकता नहीं है। जिस तरह लोगों को सवाल पूछने की पूरी आज़ादी है, उसी तरह आपको भी पूरी आज़ादी है कि आप उसका जवाब दें या नहीं, तो आप सबके अनुमान से परे रहें!

संपूर्णता की चाह न रखें

कई बार, आप इस बात पर दुखी या क्रोधी हो जाते हैं कि कोई

चीज़ पूरी तरह से संपूर्ण नहीं हो सकी। यदि आप बहुत अधिक संपूर्णतावादी हैं, तो बेशक आपको गुस्सा भी बहुत आता होगा। अज्ञानता की अवस्था में असंपूर्णता स्वाभाविक होती है व संपूर्णता एक प्रयास होता है। प्रबुद्धता या प्रज्ञा की अवस्था में असंपूर्णता एक प्रयास है; संपूर्णता एक विवशता है और इसकी उपेक्षा नहीं की जा सकती। संपूर्णता का अर्थ है पूरा दायित्व लेना और कुल उत्तरदायित्व लेने का अर्थ होगा कि आप इस पूरे संसार में एकमात्र उत्तरदायी व्यक्ति हैं। जब आप सोचते हैं कि दूसरे उत्तरदायी हैं, तो आपके हिस्से का उत्तरदायित्व थोड़ा घट जाता है। जब आप कुल वैराग्य की दशा में होते हैं, तो तो आप पूरी संपूर्णता के साथ छोटी-छोटी अमहत्वपूर्ण बातों का भी ध्यान रख सकते हैं। संपूर्णता तो किसी भी प्रबुद्ध के स्वभाव में ही होती है। जब हम आनंदमग्न होते हैं, तो संपूर्णता की चाह नहीं रखते। यदि आप संपूर्णता पाने की चाह में हैं, तो आप आनंद के स्रोत से कोसों दूर हैं। आनंद तो इस बात का अनुभव है कि आप प्रज्ञा से दूर नहीं हैं। संसार सतही तौर पर तो असंपूर्ण दिखता है, परन्तु गहराई में यह संपूर्ण है। सब कुछ संपूर्ण है। संपूर्णता छिपी रहती है, असंपूर्णता उभर आती है।

बुद्धिमान या प्रज्ञावान सतह पर नहीं रहेगा, वह हमेशा गहराई में जाने का प्रयास करेगा। वस्तुएं धुंधली नहीं होतीं। इस चेतना की संपूर्णता में अनंत कर्म होने के बावजूद चेतना अछूती व संपूर्ण ही रहती है। इसका अभी एहसास करें और स्वाभाविक रूप में आ जाएं।

इस संसार में, सब कुछ सदैव संपूर्ण नहीं हो सकता। यहां तक कि सबसे बेहतर व भलाई की नीयत से किए गए कामों में भी कोई

न कोई कमी या अधूरापन रह सकता है। यह एक स्वाभाविक व प्राकृतिक-सी बात है। दुर्भाग्यवश हमारे मन की प्रवृत्ति ही ऐसी है कि यह असंपूर्णता को अपनी पकड़ से बाहर ही नहीं जाने देता और इसी प्रक्रिया में हम अपने मूड और मन को भी असंपूर्ण बना लेते हैं, हमारी आत्मा भी इसी मूर्खता के साथ पिसती रहती है। इन सभी चक्रों से बाहर निकलना बहुत मायने रखता है और हमारे लिए अपने भीतर से साहसी व सशक्त होना भी बहुत आवश्यक है।

अध्याय 3

ऐक्य से द्वैत की ओर और फिर ऐक्य की ओर वापसी

सहायता की मांग
प्रार्थना का एक रूप है,
धन्यवाद देना
एक दूसरा रूप है।
स्व में लीन रहना
प्रार्थना का तीसरा रूप है।
यही प्रार्थना का उच्चतम रूप है।

छोटा मन तथा बड़ा मन

यदि छोटा मन बड़े मन के आगे समर्पण कर दे, तो हम शांति का अनुभव करते हैं और इसके विपरीत होने से संघर्ष का उदय होता है।

हम जिस चेतना के साथ इस जीवन में प्रवेश करते हैं, वह इस संसार की नहीं होती। यह उस आनंद और उल्लास से परिपूर्ण होती है, जो हमारे भीतरी अस्तित्व से संबंध रखती है; वह हम सबके भीतर एक सा है, फिर चाहे हमें याद हो या न हो। अनेक लेखन फिर चाहे वे मनोवैज्ञानिक अध्ययन हों या फिर प्राचीन विद्वतापूर्ण साहित्य, वे सभी दर्शाते हैं कि हम सभी जन्म के समय चेतना के बिल्कुल अलग ही स्तर पर होते हैं, जो कि पूरी तरह से निर्दोष होता है। अधिकतर मामलों में यह अवस्था एक-डेढ़ वर्ष तक ही रह पाती है, क्योंकि उसके बाद हममें अलगाव का भाव पनपने लगता है और हम संसार को मैं और तुम में बांटने लगते हैं। बच्चा स्वयं को नाम से पहचानता है, उसे अपने अहं का एहसास होता है, जो उसकी मां से एक अलग अस्तित्व रखता है। अलगाव – द्वैत के बीच – इसी तरह कुछ लोग तभी से अपना समय बिताने लगते हैं।

प्रत्येक धर्म का सार है 'आध्यात्मिकता'। सभी आध्यात्मिक परंपराएं रूपांतरण व ऐक्य से द्वैत तथा फिर से ऐक्य तक वापसी की शुद्धि के पथ का वर्णन करती हैं। प्रज्ञा का यह प्राचीन ज्ञान महान प्रज्ञावान गुरुओं के कारण ही संरक्षित हो सका, जैसे बुद्धा, लाओत्से या जीसस आदि।

अहं यानी छोटा मन, वह कई बार यह जानने का दिखावा करता है कि हम कौन हैं और किसलिए हैं और इस तरह कई नाटक और तमाशे खड़े कर लेता है और अपने से कुछ बड़े में लीन हो जाता है। अहं में कोई सार नहीं होता, यह तो केवल एक भ्रम है, जो केवल हमें यह बताता है कि हम कौन और ख़ासतौर पर क्या हैं। यह व्यक्तिगत व सामूहिक; दोनों प्रकार से ही सच है, पूरे राष्ट्र से लेकर समूचे संसार समुदाय तक। बड़ा मन, यानी स्व या आत्मा एक दैवी चिंगारी है, इससे कोई अंतर नहीं पड़ता कि कोई इसे किस नाम से पुकारता है, सब प्राणियों में स्थित यही तत्व सबके जीवन को ऊर्जा प्रदान करता है।

ओम
असतो मा सद्गमय
तमसो मा ज्योतिर्गमय
ओम शांति शांति शांति

हम अवास्तविकता से वास्तविकता की ओर चलें
अंधकार से प्रकाश की ओर,
मृत्यु से अमरत्व की ओर।
ओम शांति शांति शांति

बृहदारण्यक उपनिषद

रूपांतरण आपके भीतर से होता है

झूठी सुरक्षाएं आपके विश्वास को फलने-फूलने ही नहीं देतीं। जब आप अपनी सुरक्षाओं को त्याग देंगे, तो आपके विश्वास में वृद्धि होगी। सुरक्षा की आड़ लेने के बाद आप स्वयं को विश्वास व भरोसे से परे धकेल देते हैं। विश्वास ही तो आपके जीवन में संपूर्णता लाता है। विश्वास ही तो सबसे बड़ी सुरक्षा है

यदि आपके पास भौतिक सुरक्षाएं तो हैं पर विश्वास नहीं है, तो फिर भी आप भयभीत रहेंगे। आपको अपने मन से किसी भी प्रकार के स्वामित्व का भाव निकालना होगा। झूठी सुरक्षा चीज़ों को वहां रखती है, जहां वे कोई संबंध ही नहीं रखतीं। एक अच्छी नौकरी, मकान और दोस्त! ये सब सुरक्षा के भ्रम ही तो हैं।

घर को वहीं रखें, जहां से यह संबंध रखता है; अपने मन में नहीं! धन को मन में नहीं, बैंक या जेब में नहीं! दोस्तों और परिवार को भी उनकी जगह ही रखें, मन में नहीं!

दैव ही आपकी एकमात्र सुरक्षा हैं। विश्वास यह एहसास है कि आप जो भी चाहेंगे पा लेंगे। विश्वास उस दिव्यता को आपके लिए कुछ करने का अवसर प्रदान करता है। आपका शरीर इस संसार से संबंध रखता है। आपकी आत्मा उस दिव्यता से संबंध रखती है।

एक परिपक्व व्यक्ति सदा उत्तरदायित्व लेगा, फिर चाहे वह कहीं भी क्यों न हो, क्योंकि यह पूरा संसार ही उसका घर है। वह सभी सभ्यताओं, जीवों व परंपराओं से संबंध रखता है। वह उसी रूप में कार्य करता है, जो उसके लिए उचित होता है। हम प्रायः इस बात का ध्यान रखते हैं कि दूसरों को किस प्रकार पेश आना चाहिए। एक

परिपक्व व्यक्ति इस संसार की संपदा को सीमित नहीं करेगा और कहेगा – 'यह सब मुझसे संबंध रखता है और मैं प्रत्येक से संबंध रखता हूं।' यदि हम अपने सीमित दृष्टिकोण से ऊपर उठ सकें और वस्तुओं को उनके वास्तविक रूप में ही सराहने लगें, अपने साथ उनकी पहचान न जोड़ें, तो हम एक पक्षी की तरह मुक्त होंगे। किसी भी व्यक्ति का पूरा विकास कुछ बनने से ही आरंभ होता है। यही अहं है 'मैं बड़ा हूं। मैं उभर कर सामने आया हूं, तुम नहीं!' यही अहं है। मनुष्य द्वारा कुछ बनने से लेकर कुछ न रहने और कुछ न रहने से लेकर प्रत्येक में ही सारा उद्‌भव समाया है। ये दो चरण हैं। एक प्रबुद्ध व्यक्ति के लिए प्रत्येक ईश्वर का ही एक रूप है। कोई भी प्रबुद्ध व्यक्ति ऐसा नहीं कहेगा – 'तुम सभी अज्ञानी हो और केवल मैं ही ज्ञानी हूं। मैं तुम सबको कुछ बताने जा रहा हूं।' नहीं, क्योंकि वह जानता है कि उसे ईश्वर ने यह उपहार दिया है, जिसे वह किसी दूसरे रूप में प्रयोग में लाना चाहेंगे। यह सब तो केवल आदान-प्रदान है। यह सब तो वास्तव में घटता है और हम मात्र साक्षी हैं। यही कुछ न होने का वास्तविक अर्थ है। सब कुछ बड़े मन के नज़रिये से देखने का अर्थ होगा कि आप प्रत्येक में हैं। इस तरह आपके भीतर कभी न खंडित होने वाला भरोसा पैदा होगा। कोई भी आपसे यह शांति और आनंद नहीं छीन सकता।

यदि मैंने अभ्यास के कुछ सालों के दौरान पाया है, तो वह यही है कि मैं भय से और अधिक मुक्त होती चली गई मैं यह भी कह सकी कि मैं किसी चीज़ में विश्वास करने लगी हूं और चाहे मैं उसका नाम नहीं ले सकती, पर उसका अस्तित्व अवश्य है!

विश्वास ही वह परिणाम या पथ है, जो हमें भय से मुक्ति की

ओर ले जाता है, यही तो सार है। विश्वास तो हमेशा से ही हमारे पास था, परंतु उद्वेग और चिंता के काले साए हमें विश्वास की धूप के बीच खिलने ही नहीं देते।

निःसंदेह उन्हीं अनुभवों को बार-बार दोहराना काफ़ी पीड़ाजनक था पर कहीं-न-कहीं मैं समझ गई थी कि मेरे नियम के अलावा और भी कोई नियम काम कर रहा था। मेरे लिए यही तमाशा कई बार दोहराया गया, क्योंकि शायद अभी मेरा सबक़ लेना बाक़ी था और एक दिन ऐसा भी आया कि जीवन के लिए मेरा नज़रिया ही बदल गया और मैंने स्वयं से कहा – 'यदि यह सब इस तरह काम नहीं करता तो इसे उस तरह से करने दें, किसी न किसी को तो ये जगह लेनी ही थी या कोई दूसरा यह जगह लेता और मुझे सबक़ देता।'

ऐसा लगा कि जैसे कोई मोटी गांठ कट चुकी थी। मैं किसी से बात करते-करते अचानक बीच में थम जाती। मैंने महसूस किया कि यह सचमुच उसके बारे में ही था जिसे हम विश्वास कहते हैं। भरोसा रखें और इस बात पर न उलझें कि क्या होना चाहिए, ईश्वर को अपना काम करने दें। चीज़ों को अपने-आप सामने आने दें। जीवन को, दिव्यता को कार्य करने का एक अवसर तो दें। मुझ पर यह रहस्य प्रकट हुआ कि केवल अच्छी मंशा रखना ही अपने आप में पर्याप्त था। जैसे ही मैं स्वयं को अपने से बड़े की सेवा में प्रस्तुत करूंगी, तो वह बड़ा ही सब कुछ संभालने के लिए आगे आ जाएगा। यह अपने आप में एक माइलस्टोन था। मैंने इसे अपने भीतर महसूस किया और यह काफ़ी अच्छा भी लगा। मेरे सिर का बोझ हलका हो गया था। कितना सुकून मिला। मैं अनुभव कर चुकी थी कि ईश्वर और मेरे, मेरे गुरु और मेरे बीच संबंध था। कर्म की ओर अधिक ध्यान देने

वाली महिला के रूप में मेरे लिए विश्वास कर पाना इतना आसान नहीं था, पर इस अनुभव ने तो मेरा जीवन ही बदल दिया।

विश्वास का अनुभव कैसे हो?

यह सब आत्मविश्वास से आरंभ होता है, जो हमें दूसरों पर भरोसा करने के योग्य बनाता है। हम लोगों के भीतर छिपी अच्छाई पर भरोसा करते हैं, फिर किसी ऐसी चीज़ में भरोसा जगता है, जिसे हम देख नहीं सकते पर महसूस कर सकते हैं। यह सब बुद्धि के माध्यम से समझना काफ़ी कठिन होता है, आप इसे आसानी से अनदेखा कर सकते हैं और फिर दिव्यता में विश्वास पैदा होता है। दिव्यता पर भरोसा करने से पहले आपको संसार की अच्छाई पर भरोसा करना होगा। हम जितना सोचते हैं, इस संसार में उससे कहीं अधिक अच्छाई छिपी है।

इस विश्वास की ओर तीन राहें जाती हैं और वे तीनों ही हमारी ऊर्जा स्तरों में वृद्धि के सजग निर्णय से ही आरंभ होती हैं। सबसे पहली राह श्वास की राह है, यह और अधिक प्राण ऊर्जा प्रदान करने का सबसे शक्तिशाली साधन है।

दूसरी राह ध्यान या किसी बिंदु का मनन है, जो कि सकारात्मक मानसिकता प्रदान करता है। प्रकृति के बीच चहलक़दमी, अच्छा संगीत, मन को प्रसन्नता देने वाली बातचीत – ये सब हमें ऊर्जा देते हैं। संभवतः आपको याद होगा, जब आपके किसी पड़ोसी, सहकर्मी या साथी ने वहां गैर मौज़ूद किसी व्यक्ति के लिए कुछ अप्रिय बोला था तो आपके मन में कैसी भावना आई थी। एक घंटे तक शिकायतें करने या नकारात्मक बोलने में इतनी ऊर्जा व्यर्थ हो जाती है, जितनी

कि एक दिन की शारीरिक मेहनत में व्यय होती है। क्या आपको याद है कि ऐसी बातचीत के बाद आपने कैसा महसूस किया था। हलका व मुक्त मन होना इस बात का संकेत होता है कि आपकी ऊर्जा का स्तर बढ़ रहा है।

हम सजग भाव से निर्णय ले सकते हैं कि और निश्चय कर सकते हैं कि जीवन ऊर्जा हमारी मंशा या नीयत का ही अनुसरण करेगी। संतोष, आत्मविश्वास व भरोसा ध्यान के ही फल हैं; एक सकारात्मक मानसिकता, जो कि तत्वों के साथ पूर्ण समायोजन में जीने के लिए अनिवार्य है, जैसे कि शरीर के लिए नींद व भोजन अनिवार्य हैं।

विश्वास की ओर जाने वाली तीसरी राह गहन आभार से निकलती है – सच्ची प्रार्थना!

सहायता की मांग प्रार्थना का एक रूप है और आभार प्रकट करना प्रार्थना का दूसरा रूप है। अपने साथ रहने का भाव प्रार्थना का तीसरा रूप है। यही प्रार्थना का उच्चतम रूप है। प्रार्थना मांग है तथा ध्यान श्रवण है। प्रार्थना में आप मांगते हैं – 'मुझे यह दो। मुझे वह दो।' आप निर्देश देते हैं और मांगें रखते हैं। ध्यान में आप कहते हैं – 'मैं सुनने के लिए मौजूद हूं। आप मुझसे क्या कहना चाहते हैं? आप जब भी चाहें, मुझसे कुछ कह सकते हैं।' ध्यान प्रार्थना का उच्चतम रूप है। कल्पना करें कि कोई लगातार मांगता रहे और कुछ न सुने। क्या आप कुंठित नहीं होंगे? ईश्वर भी इससे कुंठित होते हैं, परंतु जब आप ध्यान करते हैं और सुनने के लिए प्रस्तुत होते हैं, तो वे किसी भी तरह से आपकी सहायता करने के लिए तत्पर होते हैं।

तीसरा विश्राम लें

अपनी चिंताएं त्याग दें

जब भी उठें, तो एक ऐसी स्थिति का मानसिक चित्रण करें, जो कि उस दिन आपकी प्रतीक्षा में है और सारा दिन आपको व्यस्त रखने वाली है। यदि आपको कोई घबराहट होने लगे या मन में अनिश्चितता पैदा हो, तो थोड़ी-सी प्रार्थना करने के बाद स्वयं से आंतरिक संवाद स्थापित करें। उन कामों के बीच अंतर करना सीखें, जिन्हें आप स्वयं कर सकते हैं और या जिनके लिए दूसरों से सहायता लेनी पड़ सकती है। प्रार्थना आपको उस भव्य और विशालतम से जोड़ने की शक्ति रखती है, फिर चाहे आप उसे ईश्वर कहें, आत्मा कहें या ब्रह्माण्ड; उससे कोई अंतर नहीं पड़ता। ख़ास बात यह है कि आपको किसी बड़ी शक्ति से एकाकार होना है। जब हमारा छोटा मन – हमारा अहं किसी बड़े मन के आगे नतमस्तक होता है, तो आत्मा अर्थात हम दिव्यता को उसका कार्य करने का अवसर प्रदान करते हैं।

श्वास हमारा सबसे महत्वपूर्ण ऊर्जा स्रोत है। केवल श्वासरहित कुछ क्षण ही हमारी जीवनलीला समाप्त करने के लिए पर्याप्त होंगे। हम प्रायः रोज़मर्रा के जीवन में इस तथ्य को अनदेखा कर देते हैं । श्वास जीवन के प्रत्येक उतार-चढ़ाव में हमारे साथ होती है। श्वास हमारे सबसे निकटतम है। प्रत्येक सोच से एक निश्चित भावना का

उदय होता है, जो कि हमारी श्वास के ढांचे में झलकता है। श्वास के माध्यम से हम तुरंत अपनी भावनाओं और विचारों तक पहुँच सकते हैं। श्वास के माध्यम से भावनाओं और विचारों को कहीं भी और कभी भी प्रभावित किया जा सकता है। वास्तव में विचार-प्रक्रिया से मुक्ति पाना इतना कठिन भी नहीं है। पहले, हम श्वास के माध्यम से सजग रूप से ऊर्जा ग्रहण करते हैं। प्रत्येक श्वास के साथ ऊर्जा भीतर ले जाते हैं, जो कि ऑक्सीजन और गहन जीवनी शक्ति के रूप में होती हैं। योग में हम इस जीवनी शक्ति को प्राण के नाम से पुकारते हैं। दूसरी परंपराओं में, जैसे चीनी सभ्यता में इसे 'ची' कहते हैं; पश्चिम में इसे जीवनी-शक्ति के नाम से ही जाना जाता है। प्रत्येक व्यक्ति मानिसक रूप से समझता है कि हम यहाँ क्या कहना चाहते हैं। यदि कोई भी व्यक्ति किसी ऐसे कक्ष में जाता है, जहाँ काफ़ी बहस या संघर्ष हुआ हो, तो वह इस बात से इंकार नहीं कर सकता कि सब कुछ समाप्त होने के बाद भी उस माहौल के प्रभाव को अनुभव किया जा सकता है।

प्राण शुद्ध जीवन है, इसके अभाव में कोई जीवन नहीं होता। श्वास के साथ ही हम ऑक्सीजन और प्राण को भीतर ले जाते हैं। जब भी कभी प्रकृति के बीच हों तो ध्यान दें कि चलते समय आप कहीं अधिक गहराई से सांस लेते व छोड़ते हैं। प्रत्येक छोड़ी गई सांस के साथ आप सारा तनाव और दबाव बाहर निकाल देते हैं। श्वास छोड़ देने का अर्थ है; छोड़ देना या समर्पण कर देना। इस तरह हमारे भीतर एक आकाश उत्पन्न होता है, जहाँ नए विचारों को स्थान मिल सकता है। छोड़ देना भी हमारी प्रकृति का ही एक अंग है, इसके बिना कुछ भी नया अस्तित्व में ही नहीं आ सकता। विश्वास और छोड़ देने का भाव दोनों एक साथ चलते हैं जैसे कि नियंत्रण और संयम।

चौथा विश्राम लें

श्वास मुक्त करें

आप कितनी देर तक अपनी श्वास रोक सकते हैं? बीस सेकंड पचास सेकंड या दो मिनट?

कभी न कभी तो आप सांस को मुक्त कर ही देते हैं, हैं न? आपके पास चुनाव की सुविधा है कि आप श्वास कब छोड़ें। अब से आप यह सजग निर्णय कहीं भी ले सकते हैं, फिर चाहे आप कहीं भी क्यों न हों। यदि विपरीत परिस्थितियों में इसका प्रयोग किया, तो इसके चमत्कारी परिणाम आपको आश्चर्य में डाल देंगे। तनावकारी स्थितियों में हम या तो सांस रोक लेते हैं या काफ़ी उथली सांसें लेने लगते हैं या हमारी सांस फूलने लगती है, क्योंकि हमारी सोच, भावनाओं और सांस लेने के तरीक़े के बीच गहरा संबंध है। सभी प्रकार के मनोभावों को श्वास के माध्यम से सकारात्मक रूप से प्रभावित किया जा सकता है। यह ज्ञान आत्मज्ञान के सबसे प्राचीन तंत्र, पतंजलि के अष्टांग योग में पाया जाता है। तीसरे व चौथे अंग में इसका संदर्भ दिया गया है। यह हमारी अपनी ही भावनाओं तथा विचारों के कौशल पर निर्भर करता है। श्वास व्यायाम ही मूड के उतार-चढ़ाव से पार पाने का सबसे बेहतर उपाय है। इसके बाद शारीरिक मुद्राओं व ध्यान की बारी आती है।

उचित प्रकार से श्वास लेने का अर्थ है कि हम गहरी सांस लें और फेफड़ों की पूरी क्षमता का प्रयोग करते हुए उस कार्बन डाईऑक्साइड से छुटकारा पा लें, जो मेटाबॉलिज्म की प्रक्रिया के दौरान शरीर में जमा हो जाती है। हमारे शरीर में गुर्दों के बाद फेफड़े ही वे अंग हैं, जो शरीर में एसिड-एल्केलाइन संतुलन बनाए रखने में महत्वपूर्ण भूमिका निभाते हैं। हम ऊर्जा के सागर में बैठे हैं। क्या अब इसमें गोता लगाने का उचित समय नहीं आ गया?

विचारों की शक्ति

एक मक्खी हाथी की टांग पर बैठी थी। वह अचानक बोली 'मुझे यह हाथी अब अच्छा नहीं लगता। यह तो मेरा ध्यान ही नहीं रखता। मैं तो इसे अभी छोड़ने जा रही हूँ।' (प्रायः साथी भी एक-दूसरे से निराश हो कर ऐसा ही व्यवहार करते हैं, उनमें से कोई एक कह सकता है – 'मैं तो इसे छोड़ रहा हूँ' और वह दूसरे को छोड़ कर जा सकता है। वह जो भी चाहे उसे करने दें।)

तो मक्खी ने हाथी को छोड़ कर जाने का निर्णय ले लिया। उसी पल हाथी ने अचानक अपनी टांग जरा-सी हिलाई और एक क़दम आगे बढ़ा, तो क्या हुआ? धूल का बादल-सा उठ गया। तब मक्खी ने सोचा – 'देखा, मैंने इसे छोड़ने का फैसला लिया और तूफ़ान आ गया। अब इसे अकेले ही तूफ़ान झेलने दो। मैं तो चली। इसे अब उस तूफान को झेलना ही होगा, जो मेरे जाने से उठ रहा है।' और बेचारे हाथी को पता तक नहीं चला कि उसकी टांग पर कोई मक्खी बैठी भी थी।

विचार क्या है? एक विचार में हम वर्तमान की छापों, अतीत

के अनुभवों, मनोभावों, सहज प्रवृत्ति, इच्छाओं, आशाओं व चिंताओं को शब्दों में प्रकट कर देते हैं। संभवतः ये हमारे मन की आंतरिक गहराइयों से निकलते हैं। यदि सादा शब्दों में कहें तो सभी स्तरों के बोधों से उत्पन्न भावों का मेल ही विचार है।

हमारे मन की गहराइयों से हज़ारों विचार उठते रहते हैं। उनमें से तक़रीबन तो हमसे भी अनजाने होते हैं। हम नहीं जानते कि वे कहाँ से और कैसे आए, हालांकि हम स्वयं को उनसे इतना एकाकार पाते हैं कि उनके अनुसार ही प्रतिक्रिया देने लगते हैं।

विचार से एक निश्चित भाव पैदा होता है और यदि मैं सजग रहूँ, तो मैं श्वास लेने के तरीक़े से उसे पहचान सकता हूँ। जैसे गुस्से से माथे पर काफ़ी ऊर्जा आ जाती है, ताप बढ़ जाता है, जबकि आनंद व संतुष्टि के दौरान छाती और पेट का स्थान फैल जाता है और हमारे भीतर से आशा का संचार होता है। जैसे ही अवसर पाएँ, अपनी श्वास के प्रति सजग होना न भूलें।

भावनाओं के इस ज्वार के दौरान हम पूरी तरह से असहाय नहीं होते और न ही हमें मजबूरन पुराने ढांचों और प्रक्षेपण को फिर से पोषण देना होता है। जब हम इस तरह के भावों से पूरी तरह उकता जाते हैं और मायूस होते हैं, तो हम उस सर्वोच्च शक्ति के आगे घुटने टेक देते हैं। जब हमारा अहंग्रस्त मन उस विशाल मन के आगे नतमस्तक होता है, तो चारों ओर शांति छा जाती है और संघर्ष का अंत होता है।

हम स्वयं को एक पुरुष, महिला या किसी ख़ास परंपरा, धर्म, सभ्यता आदि से तो जोड़ते हैं, किंतु अपनी असली पहचान भूल जाते हैं कि हम एक मनुष्य, अर्थात दिव्य जीव हैं।

यह ज्ञान आते ही हमारी बाक़ी सारी पहचानें गौण हो जाती हैं। हम अपने भीतर ये तरंगें उत्पन्न कर शांति पैदा कर सकते हैं। जब हमारे भीतर की नकारात्मक तरंगें नष्ट होती हैं, तो हमारा सत्य स्वरूप सामने आता है। हम आनंद, उत्साह और परम शांति हैं, परंतु ऐसा तभी संभव हो पाता है, जब हमसे जुड़े दूसरे लक्षण तिरोहित हो जाते हैं, अर्थात झूठी पहचान और तनाव का नामोनिशान मिट जाता है।

इस ब्रह्माण्ड को कोई अंतर नहीं पड़ता कि आप व्यक्तिगत रूप से अपना जीवन कैसे रचते हैं। जैसे कि सड़क के किनारे लगा फूल स्वयं ही खिलता है; उसे यह परवाह नहीं होती कि आप उसे देख रहे हैं या नहीं या उसका आनंद ले रहे हैं या नहीं। फूल खिलता है और बस यही उसका सार है। यह बात मायने रखती है कि आप अपने जीवन के बारे में कैसा महसूस करते हैं, इसे किस रूप में लेते हैं। मैं स्वयं तथा मेरा मन ही मेरे जीवन पर लेबल लगाते हैं – अच्छा, बुरा, आनंदमय या संघर्षपूर्ण, ये सभी मूल्यांकन अतीत के अनुभवों से उपजते हैं।

जरा ध्यान दें कि इन पंक्तियों को पढ़ते समय आप कैसे सांस ले रहे हैं, कैसी भावनाएँ पैदा हो रही हैं, आपके मनोभाव कैसे हैं? संभवतः शरीर से ही आपको इसका संकेत मिल जाए। श्वास आपको पूरी तरह से वर्तमान से जोड़ देती है। बिना किसी प्रतिक्रिया के अपनी भावनाओं पर ध्यान दें। वर्तमान क्षण में एक विचार मन में आता है और अगले ही क्षण ओझल हो जाता है। आप उन्हें यूँ ही चलने दें और कोई प्रतिक्रिया न दें। किसी भी विचार का स्वभाव ही ऐसा होता है कि वह स्वयं ही निकल जाता है। इसे घटने दें और गहरी सांस लें व छोड़ते रहें।

हम उसे रोकने का प्रयास करते हैं, जिसका स्वभाव ही मुक्त रूप से प्रवाहित होने का है। यह भी एक गहरी विसंगति है। एक सोच या विचार आगे जाना चाहता है और हम उसे इस भुलावे में पकड़े रहते हैं कि हम उस पर क़ाबू पा सकते हैं। नियंत्रण की यह इच्छा ही तो बंधन है।

यदि आप जीवन की एक नई दास्तां लिखना चाहते हैं, यदि उस विनाशकारी अध्याय का मूल नाश कर देना चाहते हैं, तो अभी से आरंभ कर दें। बस अभी से! पूरा साहस बनाए रखें, हो सकता है कि इस तरह आप अपने तक पहुँच जाएँ। अहं की इच्छा यही होती है कि वह सब कुछ नियंत्रण में रखे। स्व विश्वास में छिपा होता है। दूसरे व्यक्तियों के व्यवहार का अनुमान पहले ही नहीं लगाया जा सकता। हम स्वयं अपने मन की थाह नहीं ले पाते। हमारे मन में कोई बात आती है, जो कि किसी के कहे या अनकहे शब्दों का प्रभाव होती है और हमारे मन में दुष्चक्र आरंभ हो जाता है। कई बार तो किसी की एक नज़र, कोई गंध, आफ़्टरशेव या फिर आवाज़ भी हमारे मन में विचारों का तांता बांध देती है और हम कुछ ही क्षण में असहाय भाव से उन्हीं परिदृश्यों में फंस कर रह जाते हैं। व्यक्ति, स्थान तथा परिस्थितियाँ आपस में बदलती रहती हैं। हमारे जिस अनुभव पर भावना आधारित होती है, चाहे वह दर्दनाक ही क्यों न हो, वह तब तक उपस्थित रहेगा, जब तक हम उसे बिना किसी परख के अपना नहीं लेते। हमें उसे केवल एक अनुभव के रूप में ही लेना होगा। लक्ष्य यही है कि हमें अपने आसपास के लोगों को नहीं, बल्कि अपने मन को साधना है।

एक बार एक वृद्ध और उसका बेटा अपने गधे को बाज़ार ले जा रहे थे। रास्ते में कोई उनसे बोला – 'गधे को खींच कर क्यों ले जा रहे हो? बाज़ार तो अभी बहुत दूर है। तुममें से एक गधे पर बैठ क्यों नहीं जाता?' तो वह वृद्ध गधे पर बैठ गया और लड़का पैदल चलने लगा। कुछ ही दूर गए थे कि किसी ने देख कर कहा – 'देखो ज़रा, खुद तो सवारी कर रहा है और बच्चे को पैदल ले जा रहा है।' वृद्ध ने लड़के को गधे पर बिठा दिया और स्वयं पैदल चलने लगा, फिर कोई बोला – 'जरा लड़के को देखो, बड़ों के लिए कोई आदर-मान ही नहीं है। कैसे सवारी कर रहा है और बाप पैदल चल रहा है।' तब वे दोनों ही गधे पर सवार होकर शहर की ओर चल दिए, फिर कोई बोला – 'दोनों ने ही अपना सारा भार ग़रीब जानवर पर डाल रखा है। लोगों को दया भी नहीं आती!' वे दोनों गधे से उतर गए और तय किया कि वे गधे को ढोकर ले जाएँगे। इस दौरान वे एक पुल से निकले। गधा पानी में अपनी परछाईं देख दुलत्ती झाड़ने लगा, फिर वह पानी में गिर कर डूब गया। उस बूढ़े व्यक्ति और उसके बेटे ने अपना क़ीमती गधा खो दिया था।

पांचवां विश्राम लें

मन को शांत करना

अस्तित्व के सात स्तर हैं – शरीर, श्वास, मन, बुद्धि, स्मृति, अहं तथा आत्मा। योग इन्हें एक सूत्र में पिरोता है।

निम्नलिखित व्यायाम योग की एक प्राचीन विधा से हैं, जिसे सूक्ष्म व्यायाम के नाम से जाना जाता है, यह हठयोग का ही सरल रूप है। इसे आध्यात्मिक गुरु महर्षि कार्तिकेय जी महाराज द्वारा विकसित किया गया। ये व्यायाम काफ़ी सरल हैं, जिन्हें बिना किसी पूर्व जानकारी के भी किया जा सकता है। थोड़े से ही अभ्यास से इन्हें साधा जा सकता है, क्योंकि ये केंद्रीय स्नायु तंत्र को प्रत्यक्ष रूप से प्रभावित करते हैं जिससे बारह कार्नियल स्नायु या नर्व्स भी प्रभावित होते हैं। ये व्यायाम मस्तिष्क को प्रतिक्रिया देने में देर नहीं करते।

कार्यक्षेत्र में भी ये व्यायाम आसानी से किए जा सकते हैं। हम शरीर के माध्यम से मन पर असर डालते हैं, जिससे विचार स्पष्ट होते हैं और भावनाओं में भी स्थिरता आती है। एक शांत व सहज मन कहीं आसानी से एकाग्र हो सकता है, बदलती परिस्थितियों का सामना सरलता से कर सकता है तथा स्मृति भी पहले से बेहतर होती है। मौन से शक्ति प्राप्त होती है। आपकी सहजता जितनी गहन होगी, कर्मों

के भाव उतने ही गतिशील होंगे। यदि आपके पास समय का अभाव हो, तो व्यायामों को उसी के अनुसार घटाया भी जा सकता है। यहाँ यह तथ्य अधिक महत्व रखता है कि आपको पूरे आनंद के साथ ये व्यायाम करने हैं तभी योग का संपूर्ण लाभ ले पाएँगे। कुछ समय के अभ्यास के बाद आप व्यायाम करने की अवधि बढ़ा सकते हैं।

कंधे

अपने कंधों को गोल-गोल घुमाते हुए व्यायाम आरंभ करें। इससे कंधों व गर्दन के आसपास के क्षेत्र के रक्त-संचार में वृद्धि होगी और तनाव दूर होगा, मेज पर काफ़ी लंबे समय तक किए गए काम के बाद यह और भी लाभदायक रहेगा। बेहतर होगा कि आप किसी खिड़की के पास खड़े हो जाएँ या फिर कुर्सी के आगे वाले हिस्से पर रीढ़ की हड्डी सीधी रखते हुए बैठें। बाजुएँ सहज भाव से आपके शरीर के दोनों ओर झूलें। सांस भीतर लेते हुए, कंधों को आगे व ऊपर की ओर लाएँ। सांस छोड़ते हुए कंधों को पीछे व नीचे की ओर जाने दें। इसी क्रिया को अनेक बार दोहराएँ। सांस धीमे से लें व व्यायाम के समय को अधिक करने का प्रयास करें।

फिर दिशा बदलें, सांस भीतर लेते हुए कंधों को पीछे व ऊपर की ओर लें, सांस छोड़ते हुए उन्हें गोलाई में आगे की ओर ले आएँ। इसी दिशा में व्यायाम को कई बार दोहराएँ। सांस छोड़ते हुए कंधों को ढीला छोड़ें और क्षण-भर के लिए शरीर को भीतर से महसूस करें। ध्यान दें कि गला, गर्दन और कंधों के आसपास कैसा महसूस हो रहा है।

अगर कंधों के जोड़ों में तकलीफ़ महसूस हो, तो आप एक दूसरा

आसान व्यायाम भी कर सकते हैं, सांस भीतर लेते हुए कंधों को कानों की ओर खींचें। सांस रोक कर, स्वयं को इसी अवस्था में रखें। फिर सांस छोड़ते हुए मुँह से आवाज़ निकालें और कंधों को ढीला छोड़ दें। इसी व्यायाम को कई बार दोहराएँ और कल्पना करें कि किस तरह धीरे-धीरे कंधों से सारा भार उतर रहा है।

आँखें

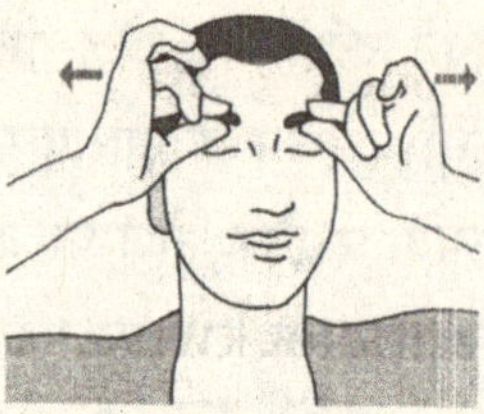

अपनी भौहें नाक के पास से, अंगूठे और तर्जनी से पकड़ें और आख़िरी सिरे तक लंबाई में खींचें व हलका दबाव दें, फिर पांच से आठ बार पलकों पर अंगूठे से हलका दबाव दें, पहले ऊपरी हिस्से पर और फिर निचले हिस्से पर। नाक से आरंभ करते हुए बाहर की ओर ले जाएँ।

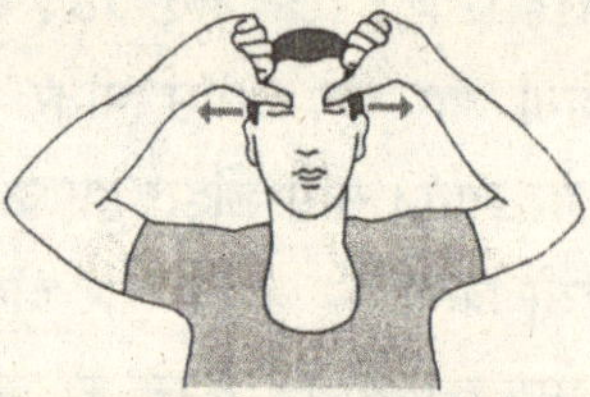

आँखों को गोलाई में घुमाना भी गोलकों का एक अच्छा व्यायाम है, इस व्यायाम की अति न करें और जितना आसानी से कर सकें, उतना ही करें, क्योंकि आँखों की मांसपेशियों पर भार भी पड़ सकता है। इस व्यायाम को श्वास के साथ संयोजित करें। इससे तनाव घटेगा और ताज़गी का

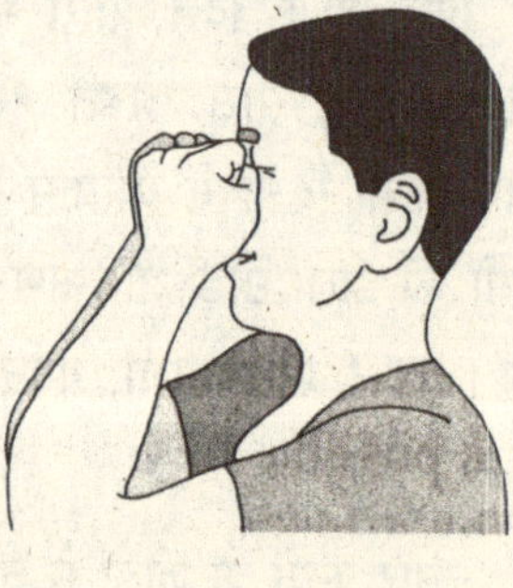

एहसास होगा। अब पलकों को नीचे की ओर झुकाते हुए आराम दें पर उन्हें पूरी तरह से बंद न करें। सांस भीतर लेते हुए ऊपर की ओर देखें तथा सांस छोड़ते हुए नीचे की ओर देखने का प्रयत्न करें, फिर सांस भीतर लेते हुए दाईं ओर देखें और फिर सांस छोड़ते हुए मध्य में आ जाएँ। अगली सांस के साथ जितना संभव हो सके बाईं ओर देखें, फिर आँखों को तीन बार घड़ी की और फिर उससे विपरीत दिशा में घुमाएँ। पूरा समय लेते हुए इस व्यायाम को सहज व गतिशील बनाएँ।

सिर

गहरी सांस लेते व छोड़ते हुए, दोनों कनपटियों की घड़ी की दिशा में मालिश करें, फिर कान के बाहरी हिस्से की मालिश करें, जो सिर की ओर जाता है, फिर गालों की हड्डियों से होते हुए जबड़ों तक आ जाएं। अपना मुंह खोलें और पांच बार जबड़ें के जोड़ों की, घड़ी की दिशा में और घड़ी की विपरीत दिशा में मालिश करें। यही हिस्सा तनाव की अधिक चपेट में आता है। यदि नियमित रूप से इनका अभ्यास किया जाए, तो सिर, कंधों व गर्दन के तनाव से छुटकारा मिल सकता है।

नथुनों से बारी-बारी श्वास लेना (नाड़ी शोधन)

इसके बाद बारी-बारी नथुनों से सांस लेने का अभ्यास करें। इससे एकाग्रता शक्ति में वृद्धि होगी और विचार भी स्थिर व स्पष्ट हो जाएंगे। यह अभ्यास भावात्मक असंतुलन दूर करने में भी सहायक हो सकता है।

- रीढ़ की हड्डी को सीधा रखते हुए, आराम से बैठें। बाईं हथेली बाईं जंघा पर टिकी हो। अंगूठे और तर्जनी के पोर आपस में हलके से मिले हों और मध्यमा, अनामिका व कनिष्ठा फैली हुई हों। दाएं अंगूठे को दाएं नथुने के बाहर की ओर रखें और अनामिका व कनिष्ठा को नाक के बाएं नथुने की ओर रखें; मध्यमा और तर्जनी का माथे से स्पर्श करें।

- अंगूठे के हलके दबाव से दायां नथुना बंद करें और अभ्यास आरंभ करते हुए बाएं नथुने से सांस बाहर छोड़ें।

- फिर बाएं नथुने से गहरी सांस भीतर लें, दायां नथुना उसी तरह बंद रहे।

- अब उन दो अंगुलियों के दबाव से बायां नथुना बंद करें। दायां नथुना खोलते हुए पूरी तरह से सांस बाहर छोड़ें।

- फिर दाएं नथुने से गहरी सांस भीतर लें और बायां नथुना बंद रहने दें।

- दाएं नथुने को बंद करते हुए चक्र को पूरा करें, अंगूठे से हलका दबाव देते हुए, बायां नथुना खोलें व पूरी तरह से सांस बाहर छोड़ दें।

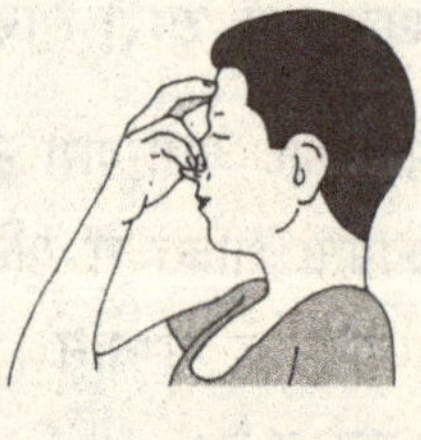

पूरे अभ्यास के दौरान, गहरी व धीमी सांस लें व छोड़ें। पहले दस चक्रों से आरंभ करें, थोड़े अभ्यास के बाद इसे पंद्रह चक्रों तक ले जा सकते हैं। दो से तीन मिनट तक आंखें बंद करते हुए अपने शरीर को भीतर से महसूस करें और फिर उसके बाद ही रोज़मर्रा की गतिविधियां आरंभ करें। निरीक्षण करें कि कोई प्रतिक्रिया दिए बिना शरीर पर क्या प्रभाव होता है। इस प्रकार आप निरीक्षण का कौशल विकसित कर पाएंगे और पूरे आवेग के साथ प्रतिक्रिया देने की आवश्यकता से भी मुक्त हो जाएंगे।

तनाव-रहित जीवन के लिए श्री श्री की प्रज्ञा

पूर्वाग्रहों से मुक्त हों

लिंग, धर्म व वर्ग के प्रति आपके पूर्वाग्रह ही आपको अपने आस-पास के लोगों से घुलने-मिलने नहीं देते। प्रायः आप ऐसे लोगों के साथ बैठते भी नहीं, जो आर्थिक व सामाजिक तौर पर आपके बराबर न हों। आपको इस बाधा से पार पाना सीखना होगा। आयु का भी एक पूर्वाग्रह है। किशोर अधिक आयु के लोगों के साथ मौज-मस्ती नहीं करना चाहते और इसके विपरीत भी उतना ही सच है।

धार्मिक पूर्वाग्रह भी किसी से छिपे नहीं हैं। प्रत्येक समुदाय, धर्म व समाज के वर्ग में अच्छे व बुरे दोनों प्रकार के लोग हैं। उनके प्रति कोई धारणा न पालें। इसके साथ ही अपने अस्तित्व के प्रति भी संकोच न करें। जब आप पूर्वाग्रहों से ऊपर उठेंगे, तो आप बेहद स्वाभाविक होंगे और आपके जीवन की गुणवत्ता में भी सुधार होगा।

प्रभावी संप्रेषण

प्रत्येक से प्रभावी संप्रेषण भी अपने-आप में एक कौशल है। अधिकतर ऐसा होता है कि आप स्वयं को दूसरों से विलग पाते हैं। पूर्वाग्रह से मुक्त संप्रेषण सफलता के लिए बहुत महत्व रखता है।

यदि आप किसी ऐसे व्यक्ति से मिलें, जो आपसे अधिक जानकारी रखता है, तो एक बालक की तरह हो जाएँ और उससे कुछ सीखने के लिए अपनी आँख व कान दोनों ही खुले रखें। यदि आप किसी ऐसे व्यक्ति से मिलें जो आपसे कम जानकारी रखता है तो विनीत भाव से उन्हें अपने बराबर लाने या अपने से भी ऊपर ले जाने का प्रयास करें। किसी छोटे बच्चे से ऐसे खेलें, जैसे आप बचपन में स्वयं खेलते होंगे। किसी वृद्ध से यह सोचते हुए बात करें कि एक दिन आप भी उसकी तरह हो जाएँगे। अपने आयु वर्ग के व्यक्ति से इस तरह बात करें, मानो अपने किसी प्रिय मित्र या सखी से बात कर रहे हों।

यह संसार हमारी कल्पना से भी कहीं अधिक विविध है और यहाँ हमेशा कुछ न कुछ सीखने, सिखाने और बांटने के लिए होता है। जब आप केंद्रित होते हैं तो एक प्रभावशाली संप्रेषक बनने में सहायता मिलती है। जब आपके संप्रेषण में सुधार होता है, तो आपके जीवन में सुधार होता है।

ग़लतियाँ करने से भयभीत न हों

जब भी कोई सीमा तोड़ी जाती है, तो उससे भय उत्पन्न होता है। भय से अरुचि पैदा होती है और यही अरुचि हमें फिर से उसी सीमा में बांध देती है। आप स्वयं को उसी सीमा में रखने के लिए बचाव

की चारदीवारियाँ गढ़ने लगते हैं। अपने बचाव के लिए किए गए इन प्रयासों से तनाव उत्पन्न होता है। जब भी आप अपनी रक्षा का ऐसा कोई प्रयास करते हैं, तो वह आपको भीतर से कमज़ोर कर देता है। अपनी सफ़ाइयाँ देना छोड़ दें। जब आप बचाव की कोई कोशिश नहीं करेंगे, तो तब आप सशक्त बन पाएँगे।

निर्दोष अवस्था में ही आपको अपनी भूल का पता चलता है! चाहे जो भी भूल हुई हो, स्वयं को पापी न मानें, क्योंकि उस नए क्षण में तो आप फिर से नवीन, शुद्ध व साफ़ हैं। पहले की गई भूल बीती बात हो चुकी है। यह ज्ञान पाते ही आप सही मायनों में संपूर्ण होते हैं।

प्रायः माएँ बच्चों को फटकारने के बाद अपराधबोध महसूस करती हैं। माना आपको बच्चे पर एक दो बार ग़ुस्सा आया। क्यों? सजगता के अभाव में! आप सजग नहीं थीं, इसलिए क्रोध आ गया। आत्म, सत्य व कौशल का ज्ञान आपके भीतर से श्रेष्ठ को बाहर ला सकता है। अतः गलतियाँ होने पर भयभीत न हों, पर उन्हें दोहराएँ भी नहीं! आपको अपनी भूलों के मामले में भी तो नवीनता लानी होगी।

हास्यप्रियता अपनाएँ

आपके भीतर एक नटखट बालक छिपा है। उसे जीवित रखें। हँसी सारी कठिन परिस्थितियों का सरल कर देगी। हास्यप्रिय व्यक्ति किसी भी तरह के संघर्ष से उबर सकता है। विनोद आपको अपमान से भी बचा सकता है। यदि आप अपमानित होने से इंकार कर देते हैं, तो आप अपराजेय हो जाते हैं। हास्य सबको एक साथ लाता है,

जबकि अवमानना सबके बीच दीवार खड़ी कर देती है। अवमानना व अपमान से बंटे समाज में विनोद या परिहास एक ताज़ा हवा के झोंके की तरह है।

हास्य में दूसरे के लिए परवाह व देखभाल का भाव भी होना चाहिए। हास्य आपकी आत्मा को उज्ज्वल बना सकता है, किंतु इसका अधिक प्रयोग मन में कड़वाहट भी ला देता है। प्रज्ञा के अभाव में परिहास खोखला है। संवेदना के अभाव में हास्य व्यंग्य है, यह आपके लिए और अधिक संकट पैदा कर देता है।

प्रज्ञावान प्रज्ञा उत्पन्न करने व परिस्थितियों को हलका बनाने के लिए इसका प्रयोग करता है।

बुद्धिमान अवमानना के प्रति ढाल के तौर पर प्रयोग में लाता है। क्रूर इसे दूसरों के अपमान के लिए तलवार की तरह प्रयोग में लाता है। ग़ैरज़िम्मेदार व्यक्ति अपनी ज़िम्मेदारियों से मुँह मोड़ने के लिए इसका सहारा लेता है और मूर्ख परिहास को गंभीरता से लेता है!

कोई व्यक्ति अपने भीतर हास्यप्रियता कैसे उत्पन्न कर सकता है? हास्यप्रियता केवल शब्द नहीं, आपके भीतर की सहजता है। आपको चुटकुले पढ़ने और दोहराने की आवश्यकता नहीं। जीवन को अधिक गंभीरता से न लें (क्योंकि आप कभी भी इससे जीवित बाहर नहीं निकल सकेंगे)। आपको उनके प्रति भी जुड़ाव का भाव पैदा करना होगा, जो आपके मित्र नहीं हैं। योग व ध्यान का अभ्यास करें। उस दैवी शक्ति व उसके कर्म के नियम में पूरा विश्वास रखें। उन व्यक्तियों की संगति में रहें, जो ज्ञानी तथा हास्यप्रिय हैं। अपने भीतर एक मसख़रा बनने की इच्छा रखें!

स्वयं को क्षण-भर के लिए विलग कर लें

जिस तरह हम कैलेंडर के पन्ने पलटते हैं, उसी तरह हमें अपने मन को भी पलटने की आवश्यकता होती है। प्रायः हमारी डायरियाँ बीती बातों से ही भरी होती हैं। ध्यान दें कि आप आने वाली तिथियों को पिछली घटनाओं से न भरें। रचनात्मकता को उदित होने का पूरा अवसर दें। नए वर्ष का उत्सव मनाते हुए, उसे अवसर दें कि वह आपको और भी बुद्धिमत्ता प्रदान कर सके। अतीत से सबक लें और आगे बढ़ें।

पिछले दिनों में, आप कितने दिनों तक संन्यास में थे? कितने दिन तक आप माया के जाल में पड़े रहे? पीछे मुड़ें और पूरे वर्ष को याद करें। किसी भी चीज़ से भागें नहीं। किसी को भी अस्वीकार न करें। किसी भी चीज़ से दूर न जाएँ। इसके साथ ही, अपने ऊपर ध्यान देते रहें। यह एक महीन संतुलन है। वह संतुलन है, 'योग'।

एक निर्धन वर्ष में एक बार ही नववर्ष का उत्सव मनाता है। धनी प्रत्येक दिन उसका उत्सव मनाता है, परंतु सबसे धनी व्यक्ति प्रत्येक क्षण का उत्सव मनाता है।

आप कितने धनी हैं? यदि आप प्रत्येक पल का उत्सव मनाते हैं, तो आप सृष्टि के स्वामी हैं। उत्सव मनाते हुए पूरे बीते साल पर एक नज़र मारें। यह आपका गृहकार्य है। पिछले वर्ष से अपने प्रदर्शन की तुलना करें व मुस्कुराएँ।

नया साल अपने आप में शुभ हैं, क्योंकि आप इस एक क्षण में भरपूर जीते हैं।

जब आप संसार के लिए जी रहे हैं तो यह संसार भाग्यवान है।

समय को अपनी उपस्थिति का उत्सव मनाने दें। आप हमेशा की तरह मुस्कुराते रहें। जब आप समय को अपना उत्सव मनाने देंगे, तो आप उस उत्सव के बीच साक्षी होंगे। हमारा हृदय सदा पुराने को चाहता है और मन नवीनता चाहता है। जीवन इन दोनों के ही मेल से बना है। नए वर्ष को अपने जीवन में प्राचीन प्रज्ञा व आधुनिकता, दोनों का ही समावेश करने दें, क्योंकि जीवन इन दोनों के बिना ही अधूरा है। मानवीय व आध्यात्मिक मूल्यों के बारे में बात करते समय संकुचित न हों। अब पूरे संसार को पुकारने का समय आ गया है।

प्रार्थना भी महत्व रखती है

प्रार्थना भी आपके जीवन में सुधार के लिए बहुत महत्व रखती है। यह अखंडता व ईमानदारी जैसे मूल्यों को भी पोषण देती है। प्रार्थना दो स्थितियों में घटती है या फिर दो स्थितियों के मेल में! जब आप स्वयं को आभारी मानते हैं या फिर स्वयं को असहाय पाते हैं। यदि आप आभार प्रकट करते हुए प्रार्थना नहीं करते, तो आपकी स्थिति दयनीय हो सकती है। दोनों ही दशाओं में आपकी प्रार्थनाओं का प्रत्युत्तर आता है।

आप जो कर सकते हैं, करें! जो नहीं कर सकते, उसके लिए प्रार्थना करें!

कहते हैं कि जब आप दिव्यता के लिए प्रार्थना करते हैं, जब आप उसके लिए आँसू बहाते हैं, जब आप उसके लिए गाते हैं, तो वह आपके भीतर उदित होती है। दैवीय तत्व केवल इस प्रतीक्षा में है कि आप अपने भीतर थोड़ा और गहरा पैठें, क्योंकि तभी यह आपको और अधिक अमृत से परिपूर्ण कर सकता है! दिव्यता चाहती

है कि आप अपने भीतर और अधिक स्थान उत्पन्न करें। सहायता के लिए अपनी अंतरात्मा से पुकारें। यह दुर्बल जिज्ञासुओं के लिए है। जो जिज्ञासु ज्ञान की शक्ति से शक्तिशाली हो चुके हैं, वे अपनी उपलब्धि के आनंद का गीत गा सकते हैं! जब आप उस परम सत्ता के प्रति आभार व्यक्त करते हुए गाते हैं, उसका गुणगान करते हैं, तो आपके भीतर भी दिव्यता का उदय होगा और आप भरपूर हो उठेंगे। कुछ व्यक्ति अपनी हर प्रकार की वृद्धि के लिए आभार प्रकट करते हैं, कृतज्ञता दर्शाते हैं तथा दूसरे प्रकार का व्यक्ति असहाय व दुर्बल है। दोनों ही सहायता पाएँगे। आध्यात्मिकता किसी प्रकार का कर्मकांड या कुछ करणीय नहीं है। यह तो आपकी आनंददायी व उन्नत अवस्था है, जो पूरे जगत को एक चेतना के रूप में देखती है। अपने व्यक्तित्व में अखंडता लाने के लिए प्रार्थना का उपयोग करें। आप जो भी करें, यह याद रखें कि वह सर्वोच्च सत्ता ही अंतिम निर्णय देती है और वही सदा बेहतरी के लिए होगा।

अध्याय 4

योग व आध्यात्मिकता एक जीवन–शैली

श्वास पर ध्यान केंद्रित
करते हुए आरंभ करें।
श्वसन व्यायाम तथा ध्यान
परिवर्तन की क्षमता रखते हैं।
वे उपस्थिति को रचते हैं
व हमें दूसरों के मतों से
स्वतंत्रता प्रदान करते हैं।
ध्यान से मन शांत होता है
तथा वस्तुओं को नकारात्मक भाव
से देखने की प्रवृत्ति तिरोहित
हो जाती है।

मैं उपलब्ध हूँ, इसलिए मैं हूँ!

प्रायः आप बहुत आसानी से क्रोधित हो जाते हैं और बहुत कम मुस्कुराते हैं। इसी अज्ञानता के कारण, क्रोध सस्ता तथा मुस्कान महंगी हो जाती है। ज्ञानी के लिए मुस्कान सूरज, हवा और पानी की तरह निःशुल्क है और क्रोध हीरे से भी मूल्यवान है। अपनी मुस्कान को सस्ता और ग़ुस्से को महंगा बनाएँ। हमारी शांति बड़ी आसानी से बिखर जाती है, फिर चाहे वह एक फ़ोन कॉल भी क्यों न हो या फिर किसी के दो शब्द! आपके जीवन में शांति व प्रेम को हीरे की तरह ठोस होना चाहिए। कुछ भी इसे हिला न सके या तोड़ न सके। अपनी शांति को सशक्त बनाने, प्रेम को गहन करने व आनंद को शाश्वत बनाने के लिए जीवन में बस यही करना होगा।

हम तेज़ी से भागती दुनिया में जी रहे हैं। सब किसी एक व्यक्ति का संस्कार नहीं है, अपितु दूसरी वस्तुओं का प्रभाव भी साफ़ देखा जा सकता है, जैसे सूचना तकनीक के विकास को ही लें, हमारे पास अधिक-से-अधिक सूचना पहले से कहीं तेज़ी से आने लगी है। इंटरनेट की मदद से आप एक वर्ष में इतने समाचार पा सकते हैं, जिनके लिए पहले पूरा जीवन-काल लग जाता ।

हम सब जानते हैं कि काम के दौरान बाधा होने से कैसा तनाव उत्पन्न होता है, जैसे कि फोन का आना, या जबकि हम सही तरह से स्वयं को एकाग्र नहीं कर पाते, क्योंकि हम पहले से ही कई कामों को एक साथ करने के प्रयास में होते हैं। कार में कार्यालय जाते

समय, रेडियो पर समाचार चल रहे हैं, फोन पर एक सहकर्मी आपसे बात कर रहा है कि आप कुछ ख़ास दस्तावेज़ लाने में देर कर रहे हैं। हमें यह भी ध्यान देना है कि अगर किसी दुर्घटना से बचाव के लिए अचानक ब्रेक लगाना पड़ा, तो हाथ में पकड़ा कॉफ़ी का प्याला सारी सीट पर छलक जाएगा।

क्या मुझे सही मायनों में उपलब्ध होना है? यदि ऐसा करता हूँ, तो किसके लिए? अपने आप से यह सवाल पूछना भी आवश्यक है। हमें देखना है कि हम सही मायनों में अपने साथ हैं या फिर केवल स्थायी उपलब्धता के साथ अपनी ज़रूरतें पूरी कर रहे हैं? क्या आप सचमुच कुछ खो देने से भयभीत रहते हैं? या जानकारी के अभाव से डरते हैं, ऐसा लगता है कि आप दायरे से बाहर हो जाएँगे? सबसे छूट जाएँगे? क्या अनेक लोगों ने तनाव को स्टेटस सिंबल के तौर पर नहीं अपना लिया?

ऐंद्रिक रूप से अधिक भार व हड़बड़ाहट से तनाव पैदा होता है। यहाँ हमें यह भी नहीं पता होता कि ख़ास ख़बर, आख़िरी ई-मेल या ताज़ा हॉलीवुड ब्लॉक बस्टर हमारे निजी जीवन पर कैसा प्रभाव डाल रहा है। हम यह भेद करने की ताक़त खो देते हैं कि हमारे जीवन में क्या चीज़ अधिक महत्वपूर्ण है। हम स्वयं को काफ़ी थका हुआ, मायूस और निस्तेज पाते हैं। इस दशा में हमें काम की थकान नहीं होती, हम हमेशा कुछ न कुछ करते रहने के विचार मात्र से ही तनाव-ग्रस्त रहते हैं, छोटे से अहं की यह आंतरिक प्रवृत्ति मानती है कि प्रत्येक कार्य के लिए यही उत्तरदायी है और यह निरंतर कोई काम खोजने की गतिविधि में ही हमेशा बेचैन रहती है।

पर सही मायनों में ज़्यादा थकाने वाला क्या है? ये हैं हमारी

इच्छाएँ, वस्तुओं के प्रति स्थायी मांग, वे स्थितियाँ, जिनका हम अनुभव करना चाहते हैं, कड़े शारीरिक श्रम के मुक़ाबले हमें इनसे ज़्यादा थकान होती है। हमारी सोच निरंतर अतीत और वर्तमान में झूलती रहती है, हम या तो अतीत पर पछताते रहते हैं या इस बात पर संकुचित व भयभीत होते रहते हैं कि क्या हो सकता था। हम बहुत कम समय तक ही वर्तमान में रह पाते हैं, तक़रीबन लोग वर्तमान को केवल अस्थायी व क्षणिक मार्ग के रूप में लेते हैं।

लक्ष्य यही है कि हम सदा वर्तमान में उपस्थित हों, क्योंकि यहीं हम सजग तौर पर भार से मुक्त हो कर सहज व ऊर्जान्वित हो सकते हैं। श्वसन क्रियाओं की मदद से हम मानसिक स्पष्टता व भावात्मक स्थिरता पाते हैं तथा विचार व भावनाएँ भी शांत हो जाती हैं। वे सबसे बेहतर दशाएँ होती हैं, जब आप उचित निर्णयों तक पहुँचते हैं। सभी आध्यात्मिक गुरु इसकी अनुशंसा करते हैं – केंद्रित रहने के लिए प्रतिदिन अभ्यास करें व समत्व का अभ्यास करें। जब आपको लगे कि आप सीमा पार कर चुके हैं और जो कर रहे हैं, उससे अधिक नहीं कर सकते, जब आप पूरी तरह से थक जाएँ तब तक अपने प्रति पूरी तरह से सजग व जागरूक होते हुए विश्राम लें।

सेवा, छोटे अहं से छुटकारा

मौन का फल है प्रार्थना। प्रार्थना का फल है विश्वास। विश्वास का फल है प्रेम। प्रेम का फल है सेवा। सेवा का फल है शांति।

निःस्वार्थ सेवा ही विकास की वर्तमान अवस्था से रूपांतरण का सबसे श्रेष्ठ साधन है। क्यों? क्योंकि यह हमें हमारे छोटे अहं से छुटकारा दिलाती है। अधिकतर हमारे विचार व सोच हमारे आसपास

ही घूमते रहते हैं – 'मैं, मेरा , मुझे आदि, जो कि काफ़ी थका देने वाला होता है। तभी स्वयंसेवा को आध्यात्मिक तनाव प्रबंधन में स्थायी स्थान दिया गया है। यदि हम अपने सेवा भाव से दूसरों को खुशियाँ दे सकते हैं, तो हमें भी कई प्रकार से लाभ होते हैं, हमारे मन से चिंता मिट जाती है, निरंतर भीतर ही भीतर शिकायत करने की प्रवृत्ति घटती है और इस प्रकार दूसरों को दिया गया सुख किसी भी दूसरे प्रकार से कहीं बेहतर होता है। इसके अतिरिक्त, यह वचनबद्धता हमारे जीवन में आध्यात्मिक आयाम भी खोलती है। सेवा के बिना हमारा जीवन अधूरा है। आध्यात्मिकता के अभाव में स्वयंसेवा दीर्घकाल में थकानप्रद हो सकती है।

हमारे पास जो भी कौशल या हुनर हैं, वे दूसरों के लिए हैं। यदि आपकी आवाज़ बेहद अच्छी है, तो इससे दूसरे आनंदित होंगे। यदि आप अच्छे कुक हैं तो दूसरे आपके व्यंजनों का स्वाद लेंगे। यदि आप पुस्तक लिखते हैं, तो दूसरे लोग इसे पढ़ते हैं। यदि आप एक अच्छे बढ़ई हैं, तो आप दूसरों के प्रयोग की वस्तुएँ बनाएँगे। यदि आप एक अच्छे चिकित्सक हैं, तो उनकी चिकित्सा करेंगे, जो स्वयं अपने लिए कुछ नहीं कर सकते। यदि आप एक अच्छे अध्यापक हैं, तो दूसरे आप से कुछ सीख सकते हैं। आपके सभी कार्य, हुनर व कौशल दूसरों के लिए हैं।

यदि आप प्रेमभाव के बिना कोई काम करते हैं, तो वह केवल व्यवसाय मात्र होगा, यदि प्रेमभाव से करेंगे तो वह सेवा कहलाएगा। सेवा का फल आपको तत्काल मिलता है। आप जितनी सेवा देते हैं, उतनी ही शक्ति व बल पाते हैं और रोज़मर्रा की दिनचर्या से थकान के लक्षण भी तिरोहित हो जाते हैं। क्या आप थके हुए हैं?

केवल एक ही चीज़ ऐसी है, जिससे आपको थकान महसूस नहीं होती, वह है प्रेम! क्योंकि यही तो अंतिम छोर है। यही तो आपका घर है। आप प्रेम से कभी थक नहीं सकते, क्या थक सकते हैं? आप लोगों को समझा-समझा कर थक चुके हैं, आप लोगों का सामना करने, उन्हें सफ़ाइयाँ देने व ख़ुश रखने के प्रयासों से तंग आ चुके हैं। आप बाक़ी सभी चीज़ों से भी थक सकते हैं। यहाँ तक कि कभी-कभी आनंद मनाने से भी थकान होने लगती है।

हम जिसकी ओर अधिक ध्यान देते हैं, जीवन में वही पनपने लगता है। जब हम नकारात्मक भावों के साथ बहुत अधिक व्यस्त हो जाते हैं, तो जीवन में वे तेज़ी से फैलने लगते हैं। कुढ़न, क्रोध, लोभ, ईर्ष्या व कुंठा इस क़दर पनपने लगते हैं कि हम अपने विचारों में उन्हें पोसने लगते हैं, किंतु करुणा, समानुभूति व देखभाल के रूप में प्रेम का शुद्ध रूप भी अपनाने से फैलता है और जीवन में छा जाता है ।

यदि हम सामने आई किन्हीं ख़ास परिस्थितियों पर निश्चित रूप से केंद्रित हों, तो उनकी वास्तविकता को पहचान कर उसे स्वीकार सकते हैं। जब तक हक़ीक़त को स्वीकार नहीं करते, तब तक हमारा मन भटकता ही रहता है। यदि हम एक बार हालात को स्वीकार लें, तो उन्हें जीवन में लाना आसान हो जाता है। किसी चीज़ को मानना व सही मायनों में अपनाना एक अच्छा तरीक़ा है। हमें दिवास्वप्नों में जीने के बजाए वर्तमान में जीना है। हम केवल वर्तमान में ही वस्तुओं को प्रभावित कर सकते हैं, किंतु ऐसे अवसर बहुत कम आते हैं, जब हम वर्तमान में हों।

संभवतः आप आपत्ति कर सकते हैं कि आपके पास सभी कामों को एक-एक कर पूरा करने का समय नहीं है, यदि आप ऐसा करते

तो काम कभी ख़त्म न होता। तब मैं आपसे पूछता हूँ, क्या वर्तमान में सारा काम समाप्त हो गया है? क्या अब आप तनावमुक्त हैं? ऐसा तो नहीं कि काम के बोझ ने आपको पहले से भी ज़्यादा थका दिया है? एक ऐसी स्थिति की कल्पना करें, जिसमें आप किसी ख़ास व्यक्ति से बात कर रहे हैं, मान लेते हैं कि आप किसी विशेषज्ञ के साथ हैं, जिससे मिलने के लिए आपने कई सप्ताह तक प्रतीक्षा की है या आपकी सुपरवाइज़र के साथ भेंट है, आपके पास उनसे बात करने के लिए काफ़ी कम समय है और आप यह देख सकते हैं। आप इस स्थिति में कैसे पेश आएँगे? अब सोचें कि किसी ने आपसे मिलने का समय लिया है, इस अंतर पर ध्यान दें। आप स्वयं को काफ़ी गर्वित व क़ीमती महसूस करेंगे व स्वाभाविक तौर पर सहज भी रहेंगे, क्योंकि दूसरा व्यक्ति आपको अपना पूरा ध्यान देने वाला है, आपकी बातों को ध्यान से सुनने वाला है, चाहे यह सब कुछ क्षण के लिए ही क्यों न हो, इससे काफ़ी बड़े-बड़े चमत्कार घट सकते हैं।

इस बिंदु पर हम सभी एक से हैं, हम सभी ध्यानाकर्षण चाहते हैं। समानुभूति व वास्तविक (कृत्रिम नहीं) मैत्रीभाव ही ऐसी प्रामाणिक भेंट को संभव कर सकते हैं। यदि आधारभूत रूप से देखा जाए तो यह काफ़ी सादा है, जब हम किसी काम में पूरा दिल और दिमाग़ लगा देते हैं, तो उसे बहुत अच्छी तरह संपन्न कर सकते हैं। चाहे यह आशा के पूरी तरह अनुकूल न भी हो, तो भी हम निश्चिंत रहते हैं और हमें यह नहीं सोचना पड़ता – 'काश मैंने ऐसा किया होता!' क्योंकि हम पहले ही उसे अपना सबसे बेहतर दे चुके हैं और यहीं हम पूर्णता के स्तर तक आते हैं। हम मानसिक तौर पर भी सभी परिस्थितियों से बाहर आ पाते हैं, क्योंकि हम उनसे मानसिक तौर पर

बंधे नहीं होते और इस तरह वर्तमान के लिए हमारा मन पूरी तरह से साफ़ और प्रस्तुत हो पाता है।

जीवन में प्राथमिकताएँ तय करें

आप उस दिव्यता के लिए कितना समय निकालते हैं? प्रायः आप इस काम के लिए अपना बचा हुआ समय ही देते हैं। जब आपके पास करने के लिए कुछ नहीं होता, जब कोई मेहमान आने वाला नहीं होता, जब आपको किसी दावत या विवाह में नहीं जाना होता या फिर कोई देखने वाली फ़िल्म नहीं होती। तब आप ऐसे समय का प्रयोग करते हैं, किंतु यह समय गुणवत्ता से भरपूर नहीं होता।

दिव्यता के लिए गुणवत्ता से भरपूर समय दें, आप इसका भरपूर फल पाएँगे। यदि आपकी प्रार्थनाओं का उत्तर नहीं मिलता, तो इसका अर्थ है कि आपने कभी दिव्यता के लिए पर्याप्त समय ही नहीं निकाला। सत्संग व ध्यान को अपनी प्राथमिकताओं में ऊपर रखें।

जो व्यक्ति व वस्तुएँ जीवन में महत्व रखते हों, उन पर पूरा ध्यान दें। इस समय को क्वालिटी समय में बदलें। यदि आप किसी से संपर्क रखे बिना घंटों साथ रहते हैं, तो इसकी तुलना में किसी को पूरा ध्यान व उपस्थिति देते हुए कुछ क्षण साथ बिताना मायने रखता है। यदि आपके पास समय की कमी है, तो आपके क़रीबी लोग आपकी मज़बूरी समझ सकते हैं, किंतु आपको भी अपने हालात को समझते हुए उसे वर्तमान रूप में स्वीकारना होगा। हम जिस ओर अधिक ध्यान देते हैं, वही पनपने लगती है। इस आभार व आनंद के साथ दिन का आरंभ करें कि आप इसका अनुभव कर सकते हैं, उसके बाद ही अपने रोज़ के कामों की सूची हाथ में लें।

योग, ध्यान व श्वसन व्यायाम आपकी सजगता में निखार लाते हैं। अपने संप्रेषण कौशल में निखार लाएँ व भावों को भी संवारें। जीवन से एक आंतरिक मुस्कान के साथ मिलें, चाहे जीवन में कुछ भी क्यों न हो। समत्व का अभ्यास करें और वही करें, जिससे आप भीतर से मज़बूत हो सकें। समय सीमित समय होने पर भी स्वयं से एकाकार अनुभव करने के लिए दो पल का समय अवश्य निकालें। उन क्षणों का भरपूर आनंद लेते हुए, प्रत्येक दिन को एक नया आरंभ मानें।

छठा विश्राम लें

दिन के साथ लयबद्धता

सूर्य नमस्कार के दौरान गति का प्रवाह पूरे शरीर में खिंचाव पैदा करने का एक सरल उपाय है। यह प्रतिदिन की चर्या के भी अनुकूल है, क्योंकि अभ्यास आपके शरीर में लोच बनाए रखेगा। धीरे-धीरे आरंभ करते हुए प्रत्येक मुद्रा को कुछ क्षण तक बनाए रखें ।

- सीधे खड़े हों, पैर समानांतर हों और हाथ आपकी छाती के आगे जुड़े हों।

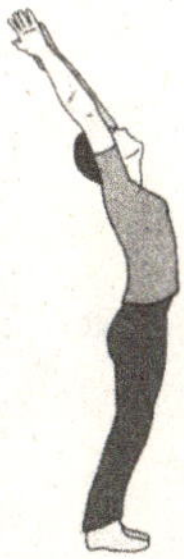

- सांस भीतर लेते हुए, बांहें आगे की ओर फैलाएँ, हाथ कंधों की चौड़ाई जितने फैले हों और हथेलियाँ एक-दूसरे के सामने हों। अब बाज़ू ऊपर की ओर ले जाएँ। उन्हें जितना संभव हो सके, ऊपर करें और हलका-सा पीछे की ओर मुड़ें।

- सांस छोड़ते हुए आगे की ओर झुकें और हाथों को पैरों के आगे हथेलियों सहित ज़मीन पर टिकाएँ। यदि आप चाहें

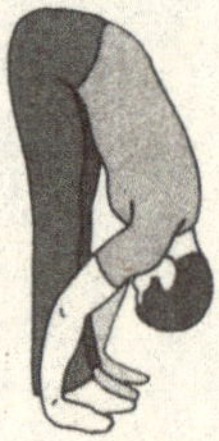

तो घुटने भी मोड़ सकते हैं, इससे आपको आसानी होगी। बस महत्वपूर्ण बात यह है कि आपने हाथों को मज़बूती से ज़मीन पर टिकाना है।

- सांस भीतर लेते हुए, उकड़ू मुद्रा में आएँ व जितना संभव हो सके, दाईं टांग आगे की ओर फैलाएँ। स्थिरता के लिए दाईं टांग को फ़र्श पर रखें और दाएं पैर का पंजा ऊपर की ओर हो। बाईं टांग मुड़ी रहे। अब ऊपर की ओर देखें। पांव में लोच लाते हुए, दाएं पांव की अंगुलियाँ फ़र्श पर रखें।

- अपनी सांस रोकें और अब बाईं टांग भी पीछे की ओर लाएँ व पूरे शरीर को एक सीध में ले आएँ, जैसे कि पुश-अप मुद्रा में होता है। इसमें घुटने जुड़े रहेंगे।

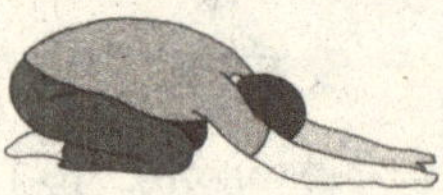

- अगली सांस के साथ, पूरे शरीर को नीचे की ओर लाते हुए घुटनों को फ़र्श से स्पर्श करें और फिर एड़ियों के बल बैठते हुए अपने हाथ फ़र्श पर टिका कर रखें। अपने शरीर के ऊपरी

हिस्से को झुकाएँ, ताकि चिबुक काफ़ी हद तक घुटनों के समीप आ जाए।

- अब शरीर के ऊपर वाले हिस्से को भी फैला दें, चिबुक ज़मीन के पास हो। घुटने, छाती व चिबुक को जमीन से स्पर्श कराते हुए पूरे शरीर को फैला दें। पेल्विस को फ़र्श से परे रखें। हाथ कंधों के अंदर हों और कोहनियाँ भीतर की ओर, शरीर के पास हों।

- सांस भीतर लें, नितंबों की मांसपेशियों को कसें और शरीर के ऊपरी हिस्से में खिंचाव लाएँ, पीठ की ऊपरी मांसपेशियों की मदद से इसे ऊपर की ओर उठाएँ। पेल्विस फ़र्श पर ही रहे। सिर को हलका-सा पीछे की ओर झुकाते हुए गले की मांसपेशियों में भी थोड़ा खिंचाव लाएँ।

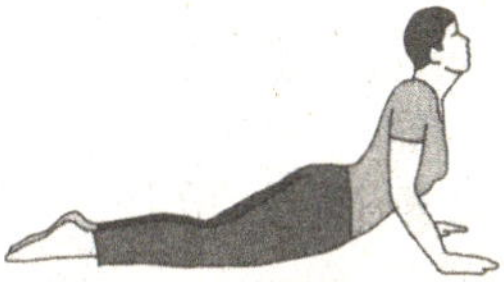

- फिर सांस छोड़ते हुए, हाथ व पैरों के बल ज़मीन पर टिकें, नितंब इस तरह ऊँचे उठाएँ कि शरीर 'वी' के आकार में आ जाए। यदि हो सके तो एड़ियों का जमीन से स्पर्श होने दें।

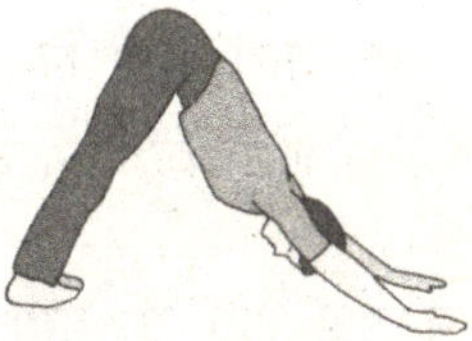

- अगली सांस भीतर लेते हुए, दाएँ पांव को दाएँ हाथ के समीप लाएँ, जबकि स्थिरता पाने के लिए बाएँ घुटने को जमीन पर मोड़ें और बाएँ पांव का पंजा ऊपर की ओर हो। फिर ऊपर की ओर देखें।

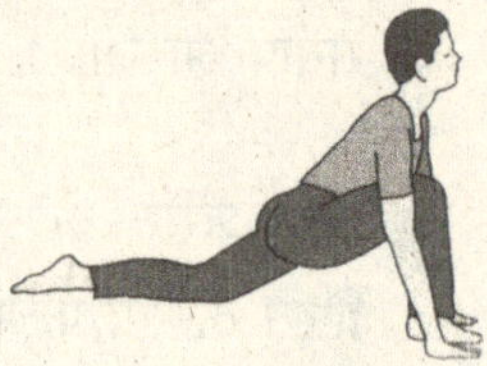

- सांस छोड़ते हुए, बाएँ पांव को दाएँ पांव के समीप लाएँ व हाथ फ़र्श पर रखें। घुटने मोड़ सकते हैं।

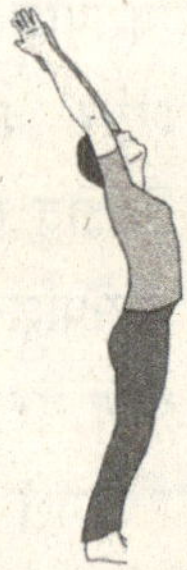

- सांस भीतर लेते हुए, हाथों को सिर से हलका ऊपर उठाएँ। हाथ कंधों की चौड़ाई जितने खुले हों और हथेलियाँ एक-दूसरे की ओर हों। अब ऊपर की ओर देखें।

- सांस बाहर निकालते हुए, बाज़ू अपने शरीर के दोनों तरफ़ ले आएँ।

अब बाईं टांग से, इसी क्रम को दोहराएँ। अभ्यास के दौरान पहले आरंभ में धीमे चक्र लें, फिर आप कार्डियोवास्क्युलर तंत्र को उत्तेजित करने के लिए सूर्य नमस्कार की गति में तेज़ी ला सकते हैं।

पुराने से हट कर कुछ नया रचें

कुछ लोग अतीत और भविष्य में ही इतना मग्न रहते हैं कि वे वर्तमान की ओर देखते तक नहीं। वर्तमान में रहना सीखें, अब, अब, अब! अतीत को पीछे छोड़ने की आदत बनानी होगी। तभी आप मुस्कुरा सकते हैं। यदि आप परेशान हों तो आप यह नहीं कहते – 'अच्छा, मैं कल परेशान हो जाऊँगा। आज मुझे परेशान नहीं होना।' किंतु जो कुछ भी अच्छा होता है या हमें उन्नत बनाने में सहायक हो सकता है, हमारे भीतर से उसे टालने की प्रवृत्ति पाई जाती है, मैं इसे कल कर लूँगा या फिर कभी कर लूँगा। प्रश्नचिन्ह एक हुक की तरह होता है। आप अतीत को एक प्रश्नचिन्ह पर टांग देते हैं और पूछते हैं – 'ऐसा क्यों हुआ?' और आप मन ही मन भुनभुनाते रहते हैं। अब क्या है? यह सांस ही अब विद्यमान है, मौजूद है। यह शरीर ही वर्तमान है। केवल आपका मन ही बीते हुए और आने वाले कल की ओर भागता है। प्रत्येक क्षण उस दैव को समर्पित करें।

अतीत के संघर्ष और पीड़ा को अपने मन से निकाल दें, इसी समय निकाल दें! स्वयं को तथा दूसरों को कुछ नया पाने का अवसर दें। चीज़ें हमेशा ऐसी नहीं होतीं, जैसी कि हमें दिखाई देती हैं, बल्कि वे तो अतीत की छाप और हमारी पसंद-नापसंद के मेल से उपजे चित्रण का मिश्रण होती हैं। यदि आप चिंतित या क्रोधित हैं, तो क्या आप भीतर से शांत व सहज रह सकेंगे? शायद यह संभव नहीं। आपके चेहरे की भाव-भंगिमा व मुद्रा से क्रोध व चिंता ही झलकेंगे। जैसे ही वे आप तक आएँगे, दूसरे भी उन्हें देख पाएँगे। विचार और भावनाएँ भी तरंगों की तरह ही होती हैं। जब हम ऐसी अवस्था में हों, तो कोई भी हमसे संपर्क नहीं रखना चाहता।

चाहे शांत हों, अवसाद ग्रस्त हों या फिर कुंठित, हमारी तरंगें आंतरिक अवस्था को साफ़ प्रकट कर देती हैं।

असली परीक्षा तो यही है कि हमें अपनी ही छाप से मुक्त होना है। अपने या दूसरों के बारे में कोई भी पक्की छाप न बनाएँ। यह याद रखें कि मत बदलते रहते हैं। क्या आपने स्वयं नहीं देखा कि किसी चीज़ के बारे में आपके विचारों व सोच में अचानक कैसे बदलाव आया?

केवल आप ही स्वयं को बदलने की क्षमता रखते हैं, तो अभी से अपनी श्वास पर ध्यान केंद्रित करना आरंभ करें। श्वसन व्यायाम तथा ध्यान बदलाव की ताक़त रखते हैं। वे उपस्थिति रचते हुए हमें दूसरों के मतों से स्वतंत्र होने का अवसर देते हैं।

ध्यान मन को सहज बनाता है और चीज़ों को नकारात्मक रूप से देखने की प्रवृत्ति को समाप्त करता है। साइको-न्यूरो इम्यूनोलॉजी के क्षेत्र में हुए नए शोधों से पता चला है कि स्वास्थ्य, जीवन की गुणवत्ता तथा संभावित आयु भी न केवल बाहरी परिस्थितियों (व्यावसायिक सफलता व हानि) के सकारात्मक व नकारात्मक प्रभावों, बल्कि हमारी मानसिक व भावनात्मक अवस्था पर भी निर्भर करता है।

हमारे विचारों व भावनाओं तथा मस्तिष्क, एंडोक्राइन व इम्यून तंत्र की कार्यवाही के बीच आपसी मेल-जोल होता है। रासायनिक सन्देशवाहक न्यूरोपेप्टाइड्स यहाँ मध्यस्थ की भूमिका निभाते हैं, जो कि प्रत्येक भाव के लिए उत्पन्न होते हैं। भावनाएँ तथा विचार हमारे स्नायुतंत्र तक जाते हैं और वहाँ से हारमोनल तंत्र में प्रवेश करते हैं, वहाँ से वे इम्यून तंत्र, यानी रोग प्रतिरोधक क्षमता को भी प्रभावित कर सकते हैं।

सातवां विश्राम लें

मन के सारे तनाव को झटक दें

अब आपने आंतरिक आनंद के क्षेत्र में प्रवेश करना है। नाक से कई बार गहरी सांस लें व छोड़ें, यदि हो सके, तो कोई खिड़की खोल दें। अपनी श्वास पर ध्यान केंद्रित करें। क्या इसका प्रवाह सहज है? क्या यह गहरी है? लंबी है? छोटी है? या फिर उथली है? इस पर ध्यान दें और देखें कि शरीर व मन पर इसका क्या प्रभाव होता है। जब भी तनाव और पीड़ा से सामना हो, तो झट-से श्वास पर ध्यान लगाएँ। हर आती सांस के साथ ऊर्जा भीतर लें और जाती सांस के साथ तनाव को बाहर निकाल दें। मन में चल रहे विचारों को यूँ ही चलने दें, जैसे सफ़ेद बादल आ कर निकल जाते हैं। आप दिन में कई बार तीन से पांच मिनट तक यह व्यायाम कर सकते हैं।

नोट – यदि आप कमरे में अकेले हैं और स्वयं को क्रोधित, थका हुआ, मायूस या कुंठित पा रहे हैं, तो नाक से गहरी सांस लें और फिर हलका-सा मुँह खोलते हुए सांस को बाहर निकालें और साथ ही मुँह से 'हा' की ध्वनि भी निकलें। इससे आंतरिक तनाव क्षण-भर में गायब हो जाएगा। यह ध्वनि हमारे स्वभाव का एक अंग है और लगातार हमारे भीतर से निकलती रहती है। ज़रा याद करें कि जब

हम परेशान होते हैं, तो हमारे मुख से कैसे 'हा' जैसा शब्द निकलता है। तब हम उसे जान भी नहीं पाते। चाहे किसी सभ्यता के लोग हों, छोटे हों या बड़े, सभी ऐसा करते हैं। लगता है कि मानव तंत्र में इस स्वर को इसलिए बनाया गया है कि वह कठिन क्षणों में हमारा बचाव कर सके। जब मानसिक तनाव काफ़ी बढ़ जाता है, तो हम हाय की ध्वनि या फिर आह भर कर मन का भार हलका कर सकते हैं। यदि सजगता से इस आसान से व्यायाम को किया जाए, तो आप स्वयं ही अपना आध्यात्मिक तनाव प्रबंधन कर सकते हैं।

अपनी विचार प्रक्रिया में बदलाव लाएँ

एक बार एक व्यक्ति ने ईश्वर से शिकायत की कि संसार में कितना दुख है। 'आप इस बारे में कुछ करते क्यों नहीं?' ईश्वर ने मुस्कुरा कर कहा – 'तभी तो मैंने तुम्हें बनाया है, मेरे बच्चे!' व्यक्ति को इस उत्तर से संतोष तो नहीं हुआ, किंतु उसने इसे मान लिया।

समय बीतता गया और यह सवाल उस व्यक्ति के मन में कई बार आया। एक रात उसने सपने में एक लंगड़े सियार को देखा, जो स्वयं अपना शिकार नहीं खोज पा रहा था। एक शेर ने अपना शिकार कर और उसका भोजन करने के बाद उसे वह बचा मांस खाने की इज़ाज़त दे दी। तभी ईश्वर ने कहा, 'देखा, मैं ऐसे ध्यान रखता हूँ।'

अगले दिन उस व्यक्ति ने उम्मीद रखी कि कोई उसे भी वैसे ही खिलाने आ जाएगा, पर कोई नहीं आया, तो उसने फिर से भगवान से शिकायत की – 'सियार का ध्यान तो शेर ने रखा था पर मेरी

तो कोई परवाह नहीं करता।' ईश्वर ने हंस कर कहा – 'मेरे बच्चे! मैंने तुम्हें शेर बनाया है!'

सभी आध्यात्मिक अभ्यासों का एक ही उद्देश्य है कि आप अपने मन को स्थिर रख सकें। प्रारंभ में मुझे भी इसे साधने में थोड़ा समय लगा था किंतु छः सप्ताह बाद यह मेरी दिनचर्या का एक अंग बन गया और धीरे-धीरे आसान होता चला गया। कभी-कभी इसमें बाधा भी आती है, जैसे जब मैं यात्रा पर होता हूँ या सुबह जल्दी उठ कर, देर रात तक काम ख़त्म नहीं कर पाता, पर फिर से इसी दिनचर्या को अपनाने में देर नहीं लगती।

सोच व परिदृश्यों के ढांचे ही हम मनुष्यों को भीतर की ओर खींचते रहते हैं। तनाव रहित जीवन पाना चाहें, तो सबसे पहले इन्हें पहचानें। इन्हें अस्वीकार करने या इनका अनादर करने से तनाव और बढ़ेगा। इन्हें पहचान लेने से आपका मन शांत हो जाएगा। अपने ही जीवन पर एक नज़र मारें और स्वयं से पूछें कि आपने आज तक जो भी कहा या किया, क्या आप उससे हमेशा सहमत थे? संभवतः नहीं, क्योंकि हमें कल जो सही लगा था, यह आवश्यक नहीं कि आज भी वही सही लगे। जब हम अपनी ही इस अनिश्चितता को देख सकते हैं तो दूसरों को इसके लिए अनुमति क्यों नहीं देते? हम दूसरों से असहमत नहीं होते, यह तो हमारा अपना ही प्रतिबिंब होता है।

इस न्याय पद्धति में बदलाव लाने और जीवन में आगे चलने के लिए आवश्यक है कि हम अपने विचारों और भावनाओं के ढांचे पर नज़र रखें। ये एक लय में चलते हैं, जैसे कि हमारी चेतना की अपनी ही एक लय होती है। अतः प्रत्येक व्यक्ति में इनकी मात्रा अलग-अलग होती है, जो कि अन्य कई कारकों पर भी निर्भर

करती है। आध्यात्मिकता का यही कार्य है कि वह हमारे भीतर उठ रही इन सारी तालों व लय के बीच सामंजस्य स्थापित करे। हमें अपनी जागरुकता को प्रशिक्षित करते हुए, भीतर के साक्षी को विकसित करना है, ताकि हम निष्पक्ष भाव से अपने विचारों व भावनाओं को देख सकें। यही किसी भी आध्यात्मिक अभ्यास का आधार है। यह जो भी है, यही है; न अच्छा है और न ही बुरा है। इस तरह अपने ही अस्तित्व को निरखने की यह प्रक्रिया आरोग्य की ओर पहला क़दम बन जाती है।

क्षुद्र 'मैं' के प्रति मोह से पीड़ा उत्पन्न होती है और इससे परे जाने की योग्यता से ही मनुष्य स्वतंत्र हो पाता है। सजग भाव से शरीर, श्वास, मन, विचार, भावनाओं तथा जीवन के स्रोत का बोध ही ध्यान है!

दूसरों के साथ अच्छे मानवीय संबंध बनाने के लिए आवश्यक है कि हम अपने साथ अच्छे संबंध कायम करें। यह व्यक्तिगत सहजता व अखंडता ही आपके अंतर के परस्पर संबंधों को मज़बूत बनाने में सहायक होगी। चूंकि मनुष्य से भूल होना स्वाभाविक है अतः हमें दूसरों की भूलों के प्रति उदार भाव अपनाना चाहिए। दूसरों के आचरण व परस्पर संबंधों में संपूर्णता की तलाश नहीं करना चाहिए। जब हम अपनी कमज़ोरियाँ जान लेते हैं, तो दूसरों की भूलों के लिए काफ़ी सहानुभूतिपूर्ण हो जाते हैं। एक सहज व मैत्रीपूर्ण संबंध व स्नेही वातावरण कलह से बचाव करता है।

आपकी आंतरिक इच्छा यही होती है कि कोई भी आपके बारे में बुरा न सोचे। है न? क्या कोई यहाँ ऐसा है, जो चाहता है कि लोग उसके बारे में बुरा सोचें? या उनके साथ बुरा करें? तो आप

क्या चाहते हैं? आप चाहते हैं कि इस दुनिया में सभी आपको प्यार करें। दुनिया के सात बिलियन लोग आपसे प्यार करें और आपके बारे में अच्छा सोचें। है न? अगर ऐसा होना चाहिए, तब तो आपको भी दूसरों के बारे में बुरा नहीं सोचना चाहिए। ठीक? आप स्वयं भी संकल्प लें – 'मैं दुनिया में किसी के बारे में बुरा नहीं सोचूँगा।'

यदि वे भूलें कर रहे हैं, तो यह उनकी अज्ञानता है। यदि वे बुरा बर्ताव करते हैं, तो इसकी वजह यह है कि वे आपकी तरह सभ्य नहीं हैं या उनका पालन पोषण सही तरह से नहीं हुआ, इसलिए उनके बारे में कुछ बुरा सोचने का कोई कारण ही नहीं है। क्या सचमुच है? यह आध्यात्मिकता का एक महत्वपूर्ण क़दम है। आध्यात्मिकता का अर्थ क्या है? यही कि आप किसी के बारे में बुरा न सोचें। क्या आप यह संकल्प ले सकते हैं – 'मैं कभी किसी के बारे में बुरा नहीं सोचूँगा'।

बुरे कर्म करते हैं, क्योंकि उनके वात, कफ़ और पित्त असंतुलित हैं। उनके तंत्र में असंतुलन है। यदि आप किसी मानसिक रोगियों के अस्पताल में जाएँ, तो वहाँ अनाप-शनाप बकते लोगों को देख कर क्या आप बुरा मानते हैं? नहीं! आपका मन उनके लिए करुणा से ओत-प्रोत हो जाता है। जिस तरह आप उनके प्रति सहानुभूति रखते हैं, उनके लिए बुरा नहीं सोचते, उसी तरह यह दुनिया भी बीमारों से भरी पड़ी है। तो किसी के बारे में भी कुछ बुरा सोचने का मतलब ही नहीं बनता। ऐसा करने से क्या होता है? आपका मन शांत हो जाता है। पूरी तरह से शांत! होता है न? यदि आपके जीवन में ऐसा होता कि सभी आपको चाहते और आप किसी से भी कुछ न चाहते? तो कैसा होता? ज़रा कल्पना करें, यहाँ वांटेड शब्द का मतलब यह

नहीं कि आप पुलिस के लिए वांटेड हो जाएँ। यहाँ इसका अर्थ है कि सभी आपकी संगति चाहें और आप किसी से कोई चाहना न रखें। तब आप आत्मनिर्भर हो जाते हैं। है न? सभी आपको चाहते हैं और आप किसी से कुछ नहीं चाहते।

जब आपके जीवन में यह विकास आता है, तो निश्चित तौर पर आप भीतर से मज़बूती पाने लगते हैं। यह आध्यात्मिकता का दूसरा पक्ष है। मुझे सबके लिए उपयोगी होना चाहिए। मुझे किसी का उपयोग नहीं करना। मुझे अपने लिए कुछ नहीं चाहिए। मैं किसी के बारे में बुरा नहीं सोचता, क्योंकि मैं नहीं चाहता कि कोई मेरे बारे में बुरा सोचे। यही उदारता कहलाती है। उदारता क्या है? मैं सबके प्रति उपयोगी बन जाऊँ। चाहे किसी की कोई भी आवश्यकता क्यों न हो। तब आप कहेंगे – 'ओह! फिर क्या होगा? मैं अपना पालन कैसे करूँगा? मैं यात्रा कैसे करूँगा? मैं अपना ध्यान कैसे रख पाऊँगा? मेरा ध्यान कौन रखेगा? मेरी भौतिक आवश्यकताएँ? आपकी भौतिक आवश्यकताओं का ध्यान यह दुनिया रखेगी। जो सबको चाहिए, वह संसार से ही आता है। और हमारी आत्मा और मन स्वतंत्र हैं। हमारी आत्मा स्वतंत्रता है और स्वतंत्रता क्या है, प्रत्येक इसे चाहता है। जब आप प्रसन्न होते हैं तो मुक्त होते हैं और चाहते हैं कि कोई आपसे आपकी आज़ादी न छीने। कोई दूसरा नहीं, बल्कि आप स्वयं ही ख़ुद से अपनी स्वतंत्रता छीन लेते हैं। आपका मन ही आपको मुक्त नहीं होने देता। कोई दूसरे हालात या परिस्थितियाँ नहीं, बल्कि हमारा मन ही बैरी हो जाता है।

इससे छुटकारा पाना चाहते हैं, तो आपको पूरी तरह से खोखला और रिक्त होना होगा। यही ध्यान है। यही वह भावना है, जो कहती

है कि मैं किसी से कुछ नहीं चाहती। बस यही सोच हो कि मैं सबके लिए हूँ, पर मुझे किसी से कुछ नहीं चाहिए। आपकी जो भी ज़रुरतें होंगीं, वे स्वयं ही पूरी हो जाएँगीं। वास्तव में आप जो हैं, संसार आपको उससे भी बेहतर मानने लगता है। जब आप यह सोच अपना लेंगे कि आप यहाँ इस ब्रह्माण्ड के लिए आए हैं, तो आपको अपनी आवश्यकता से कहीं अधिक मिलेगा और फिर आपके अपने मन के अलावा कोई दूसरा आपकी स्वतंत्रता छीन नहीं सकता।

मौन हमारा स्वभाव है

प्रयास शरीर की भाषा है। छोड़ देना ही मन की कुंजी है। कुछ करने की कला ही तो ध्यान है। ध्यान एकाग्रता नहीं अपितु इसमें तो एकाग्रता को छोड़ना है। एकाग्रता ध्यान का फल है। आपको जीवन में ध्यान के सिवा बाक़ी सभी कामों के लिए प्रयास करना पड़ता है। छोड़ देने का यह भाव मन की भाषा है।

मौन ही हमारा सच्चा स्वभाव है; हम समग्र रूप से मौन ही तो हैं। मौन से ही तो सृजनशीलता का उदय होता है और मौन ही शक्ति है। जब हम शब्दों से आहत और व्यथित होते हैं, तो मौन की आवश्यकता उत्पन्न होती है। जब किसी उत्तर से हमारा मन शांत होने के बजाए और भी अशांत हो जाए तो उसे हम वास्तविक उत्तर नहीं मान सकते। शब्दों का उद्देश्य यही होना चाहिए कि वे हमारे भीतर से मौन उत्पन्न कर सकें। ध्यान हमारे मन को उन्नत बनाने का हज़ार वर्ष प्राचीन अभ्यास है और शांति की ओर ले जाने वाला प्रत्यक्ष पथ है। अनेक तकनीकें मौजूद हैं। सबसे प्राचीन तकनीक यही है कि आप नथुनों से आती-जाती श्वास का निरीक्षण करें।

संसार में सबसे बड़ा अभाव इस समय यही है कि कोई भी अपने अस्तित्व को सफल नहीं बनाता। यहाँ हम कैरियर, वित्तीय निवेश या सामाजिक स्तर की बात नहीं कर रहे, यहाँ उस अस्तित्व की बात हो रही है, जो व्यक्तित्व से अलग मायने रखता है। आजकल अधिकतर व्यक्ति इस बारे में जानकारी नहीं रखते कि अपने ही स्रोत व अपने स्व तक कैसे पहुँचें। स्व, मानवीय मूल्य और चेतना, ये सब हमारे जीवन को भरपूर समृद्ध, ख़ूबसूरत, जीने योग्य और आनंददायक बनाते हैं।

जीवनी शक्ति का पूर्ण सहजता के साथ सजग अनुभव ही ध्यान है। हम तनाव के दौरान अच्छी तरह याद नहीं रख पाते, दबाव के चलते याददाश्त पर बुरा असर पड़ता है। पूर्ण सहजता व शिथिलता के क्षणों में ही स्मृति, सृजनशीलता व बुद्धिमता का पुनः प्रकटीकरण होता है। हमारे भीतर छिपी ये विशेषताएँ प्रयासहीनता के नियम का पालन करती हैं। मन और शरीर दोनों अलग-अलग नियमों पर चलते हैं। मन के क्षेत्र में प्रयासहीनता ही सबसे बड़ी कुंजी है।

अपनी इंद्रियों को बाहरी जगत से हटा कर अपने मन को भीतर की ओर केंद्रित करें, क्योंकि यहीं से वह यात्रा आरंभ होती है, जो आपको शक्ति, धैर्य और क्षमता के साथ-साथ जीवन में सामने आने वाले संकटों का सामना करने की योग्यता भी प्रदान करेगी।

दस लोग पैदल-पैदल एक से दूसरे गांव जा रहे थे। रास्ते में उन्होंने एक नदी पार की। वे जानना चाहते थे कि सभी सुरक्षित उस पार उतरे या नहीं, इसलिए उन्होंने गिनती करने का फैसला किया।

प्रत्येक गिनती करते समय स्वयं को गिनना भूल जाता और

गिनती में केवल नौ ही व्यक्ति आते। वे सब परेशान हो गए और इस बात पर रोने लगे कि उनका दसवां साथी नदी में डूब गया था। तभी एक बुद्धिमान व्यक्ति ने वहाँ आ कर पूछा – 'प्रिय मित्रो! आप सब रो क्यों रहे हैं?' वे बोले – 'हम सब मिलकर दस लोग घर से चले थे, पर नदी पार करने के बाद नौ ही रह गए हैं।'

बुद्धिमान ने देखा कि वे तो दस ही थे, इसलिए उसने उन्हें गिनने को कहा। प्रत्येक ने पहले की तरह ही गिना और हर बार अपने को छोड़ दिया। तब बुद्धिमान ने उन्हें एक पंक्ति में खड़ा किया और स्वयं गिनती की, फिर वह दसवें व्यक्ति की गिनती तक जाकर बोला – 'तुम ही दसवें हो।' वे सब यह जान कर प्रसन्न हो गए कि उनका खोया हुआ दसवां व्यक्ति मिल गया था। इसी तरह पांच इंद्रियाँ और चार आंतरिक विभाग हैं – मन, बुद्धि, स्मृति व अहं। ये सभी आत्मा को न पाकर विलाप करने लगते हैं। तब गुरु आकर आपको दिखाते हैं कि आप ही तो वे दसवें हैं! गिनें और तब तक न रुकें जब तक आप दसवें को पा न लें। सदा वर्तमान में उपस्थित स्व या आत्मा उपस्थिति के बोध से ही आनंद उत्पन्न होता है।

आठवां विश्राम लें

सजगता को प्रशिक्षित करें

आँखें बंद कर श्वास पर ध्यान केंद्रित करें। जैसा कि पहले भी कहा गया है कि श्वास सदा अब और यहाँ होती है और ध्यान द्वारा आपको भी यहीं आना चाहिए अतः अपनी श्वास का पालन करें। निरीक्षण करें कि किस तरह वायु भीतर प्रवाहित होती है और आपको ताज़ा ऑक्सीजन मिलती है। सांस लेने व छोड़ने की इस छोटी-सी अवधि के दौरान ही फेफड़ों में ताज़ी हवा पहुँच जाती है। महसूस करें कि आप किस तरह बासी हवा के साथ अपने विचारों को भी बाहर निकलने दे रहे हैं। विचार न जाने कहाँ से आते जाते रहते हैं और आपके भीतर सकारात्मक या नकारात्मक प्रतिक्रिया पैदा करते हैं। बस उन्हीं पर ध्यान दें। समय के साथ-साथ आप यह सीख जाएँगे कि आपने उन विचारों पर किसी तरह की कोई परख नहीं करनी। विचारों को सहज भाव से आने-जाने दें। बस आपने तो निष्पक्ष और निस्पृह भाव से उन्हें देखना है, मानो आपका उनसे कोई लेन-देन न हो। कुछ ही बार के ध्यान के बाद आप महसूस करने लगेंगे कि किस तरह आपके भीतर आरोग्य प्रभाव पैदा हो रहे हैं और आप बेहतर महसूस करने लगे हैं। आप अतीत, वर्तमान और भविष्य के तयशुदा स्वचालित रूप

से उठकर एक समयहीनता के स्तर तक आ जाएँगे, यह एक ऐसा क्षेत्र है, जो जीवन की लगभग सभी घटनाओं से अछूता रहता है।

जब आप इस प्रकार अपने संपर्क में आते हैं, तो आप स्वच्छ नीले आकाश से निकलती घटनाओं को देखकर अचंभित नहीं होंगे। इन पर भरोसा करें, आप जिस भी समस्या का सामना करेंगे, उसका समाधान आपके अपने पास होगा। प्रारंभ में तो इसके लिए कुछ मिनट का समय ही पर्याप्त होगा। कुछ समय बाद ही आपको रोज़ के ध्यान अभ्यास में प्रवीणता दिखने लगेगी। इस समय के लिए आपको परामर्श दिया जाता है कि किसी अधिकारिक ध्यान साधक से ध्यान तकनीक सीखें, ताकि क्षण-भर में ही आप स्वयं को अपने ही स्रोत से एकाकार कर सकें।

स्वीकृति तथा क्षमा प्रदान करना

जब आप प्रतिक्रिया देते हैं, तो क्या होता है? अंत में आपको शर्मिंदा होना पड़ता है। भावों के ज्वार से प्रतिक्रिया पैदा होती है। जब कोई कुछ ऐसा कहता है, जो आपको पसंद नहीं आता, तो आपके भाव उभर आते हैं। आप हर उस बात के लिए पछताते हैं, जो आपने उस भावात्मक अवस्था के दौरान कही या की थी। जब भाव सामने आते हैं, तो बुद्धि कहीं पीछे छिप जाती है। स्वीकृति की अवस्था में ही सचमुच कर्म उत्पन्न होता है, आप सहज हो जाते हैं, आपका मन व बुद्धि भी पछतावे और न्याय से कहीं परे हो जाते हैं। यह सब उसी स्पष्ट मानसिकता के साथ संभव है, जब आपकी प्रतिक्रिया आपकी भावनाओं से आती है।

आध्यात्मिक नियमों की प्राचीन प्रज्ञा के अलावा श्वसन व्यायाम, योग व ध्यान आपको वर्तमान के साथ जोड़े रखते हैं। जब श्री श्री से मेरी भेंट हुई, तो तभी मुझे पता चला कि मैं तो आजीवन वर्तमान और अब के साथ जुड़ने की बजाए अतीत या भविष्य में ही व्यस्त रही। पहले पहल तो मैं समझ ही नहीं सकी कि वे क्या कहना चाहते थे। मैंने बारंबार उनके मुख से 'अब' शब्द सुना। एक क्षण के अंश में मेरा मन शांत हुआ, जो कि लगातार बोलता रहता था और फिर हर संभव अवस्था में वह अपनी दलीलें देने लगता, हां या नहीं जैसी प्रतिक्रियाएं देने लगता। धीरे-धीरे मुझे एहसास हुआ कि इस तरह लगातार बोलने वाले इस मन पर मेरा कोई नियंत्रण नहीं था, जिसने मेरा सारा ध्यान बाहर की ओर लगा रखा था। मैं असंख्य घटनाएं याद कर सकती थी, जहां मेरा मन और स्मृति परिस्थितियों को जकड़ लेते थे, मानों मैं अनुभव किए गए इतिहास को दोहराना चाहती हूं। 'मन-मक्खन और घी जैसा मुलायम एक मन, जो किसी भी परिस्थिति से समायोजन कर सकता है और किसी भी चीज़ को जकड़ता नहीं!' श्री श्री के शब्द मेरे कानों में गूंजने लगे। क्या मैं यही चाहती थी? उसमें समायोजित होने के लिए मुझे अपनी ओर से ही प्रयास करना था, अपनी इच्छा को त्यागना था। मुझे इस बात पर गर्व था कि तब तक मेरे जीवन में तक़रीबन सब कुछ, मैं अपनी ही संकल्प शक्ति के बल पर पा चुकी थी। उस समय छोड़ देना, मेरे स्वभाव का एक अंग नहीं था। मैंने जो भी सुना, वह लुभावना तो था, पर मेरे मन में अभी संकोच था। श्री श्री की शिष्या के रूप में वे प्रारंभिक वर्ष भी मुझे याद हैं और साथ ही साथी से वियोग की पीड़ा भी भूली नहीं है। मैं पूरी तरह से परेशान और उलझी हुई थी और इसे बिल्कुल स्वीकार

नहीं सकती थी। मेरी पूरी चिंतन प्रक्रिया इस घटना, इस व्यक्ति के आसपास घूम रही थी। जब मुझे एहसास हुआ कि मैं बार-बार अपनी ही कहानी नए सिरे से लिख रही थी, तो उलझन और भी गहरा गई। इस घटना से पार पाने के लिए मेरी ओर से किया गया हर प्रयास छोटा पड़ता चला गया। श्री श्री ने मुझे थोड़े से शब्दों में समझाया कि इस उलझन का मूल क्या था। मुझे उन्होंने वह इच्छा दिखाई, जिसे मुझे चाहना ही था, वह इच्छा, जिसे मैं किसी भी क़ीमत पर पूरा करना चाहती थी। मेरे सामने इस सच्चाई को लाने का उचित समय आ गया था। मुझे इस सूचना को अपने हिसाब से समझना था और मुझे इस दिशा में सफल होते-होते पूरा एक वर्ष लग गया। इस दौरान मेरा मन कहानी को फिर से लिखने की कोशिश करता रहा। एक नया मोड़ तभी आया जब मैं अपनी चाह को पहचान कर माफ़ करने को प्रस्तुत हो सकी। कभी-कभी समझना कठिन अवश्य हो सकता है, परंतु पर यह फिर भी सच है, हमारे जीवन में जो भी घटता है, वह हमारी ही भलाई के लिए होता है।

स्वेच्छा से मैं कभी संबंधों की सुरक्षा को न त्यागती और इस घटना के बिना मेरे जीवन की दिशा ही अलग होती। यह सही या ग़लत के बारे में नहीं होता, यह निर्णयों की प्रामाणिकता से संबंध रखता है। इसी वियोग के माध्यम से मुझे अपने ही जीवन-पथ के बारे में सच्चा होना था। उसी वर्ष मैं अनेक बार श्री श्री से मिली। चूंकि अब भी हार जाने की प्रवृत्ति का भय था, वे बोले – 'क्या अब भी वह सब तुम्हारे दिमाग़ में मौजूद है? बुद्धिमान व्यक्ति के मन में विचार कोई छाप नहीं छोड़ते, हर विचार कुछ ही समय के लिए टिकता है, जितनी देर तक पानी की सतह पर कोई लहर ठहरती है।'

आपके व्यक्तिगत आध्यात्मिक तनाव प्रबंधन के सबसे महत्वपूर्ण पहलू यही हैं कि जो है, उसे स्वीकारें, माफ़ करना सीखें। सहनशीलता की धारणा अप्रचलित हो गई है, क्योंकि हम हर मामले में वही सहते हैं, जिसे हम स्वीकार नहीं सकते, जबकि गंभीर स्वीकृति इस तथ्य के साथ चलती है कि हम किसी व्यक्ति या परिस्थिति को पहचानते हैं।

जब आप मुक्त होना चाहते हैं, जो कि प्रत्येक होना चाहता है, स्वतंत्रता प्रत्येक व्यक्ति की भीतरी इच्छा होती है, कोई भी स्वयं को बेड़ियों में जकड़ना नहीं चाहता अतः मुक्त होना तो प्रत्येक की प्राकृतिक प्रकृति है, तो सबसे पहले आपको क्षमा का पालन करना होगा। जब तक आप क्षमा नहीं देना जानते, तब तक आप मुक्ति का अनुभव नहीं कर सकते। क्षमा देना क्या है? इसका अर्थ है कि सभी बीती घटनाओं को छोड़ दें। चाहे उस बात ने आपका दिल दुखाया, चाहे किसी ने आपके साथ बुरा किया। किसी ने आपके साथ न्याय नहीं किया। जब तक आप माफ़ नहीं करते, तब तक आप मुक्त नहीं हो सकते।

तो हमें माफ़ करना और भूलना सीखना होगा, यही जीने की कला का सार है! वर्तमान क्षण में जीना और यदि आप अतीत से जकड़े रहे, तो वर्तमान में कैसे जी सकेंगे, संभव नहीं है न? तो माफ़ करें और भूलना सीखें!

जब आपको लगता है कि किसी ने आपको शिकार बनाया तो आप गुस्से से उबलने लगते हैं, नफ़रत करने लगते हैं और जब स्वयं को अपराधी मानते हैं, तो अपराधबोध से घिर जाते हैं। दोनों ही दशाओं में क्षमा देना अनिवार्य है, शिकार बनने या अपराधबोध

से बचने, दोनों से मुक्ति पाने के लिए क्षमा कर देना ही सबसे बड़ी दवाई है।

ऐसे भी लोग हैं, जो शिकार हैं और वे दूसरों को अपराधी बनाना चाहते हैं और उन्हें अपराधियों के ख़िलाफ़ हिंसा का प्रयोग करने में आनंद आता है और यदि आप हिंसक गतिविधियों में लीन रहते हैं, तो आप मुक्त हो सकते हैं! तो आप जिसे भी अपराधी समझें, उसे आपको माफ़ करना होगा, क्योंकि प्रत्येक अपराधी एक शिकार हो सकता है। यदि आप स्वयं को शिकार मानते हैं तो माफ़ कर दें। यदि आप स्वयं को अपराधी मानते हैं, तो क्षमा मांगें क्योंकि हो सकता है कि आपने जाने-अनजाने किसी का दिल दुखाया हो। चाहे हमारी मंशा ऐसी नहीं थी कि हम किसी के दिल को ठेस पहुंचाएं पर फिर भी हमें दूसरों से क्षमा मांगनी चाहिए। क्षमा मांगने से आपके भीतर विनय का भाव पैदा होता है, इससे आपके आत्मविश्वास को नुक़सान नहीं होता, बिल्कुल नहीं, इससे तो आपका आदर-मान और भी बढ़ जाता है।

और जब कोई क्षमा मांगेगा तो निन्यानवे प्रतिशत जनसंख्या उसे माफ़ कर देगी, यह एक सामान्य सी बात है। यदि कोई क्षमा मांगे, तो उसे माफ़ कर देना मानवीय है, केवल एक प्रतिशत लोग ऐसा नहीं करेंगे, क्योंकि वे बीमार हैं पर इससे केवल उन्हीं पर प्रभाव होगा। व्यथित कौन होगा? वही व्यथित होगा, जो क्षमा नहीं कर पाएगा।

तो आपने क्षमा मांगी है, आप मुक्त हैं। इस संसार में चारों ओर घृणा फैली है, बस इसलिए, क्योंकि हम माफ़ करना भूल गए हैं, इस पूरी अवधारणा को ही भूल गए हैं, हमारी मानसिकता संकीर्ण हो गई है, यही कारण है कि चारों ओर इतना संघर्ष है, यही हमारे समाज

को बीमार बना रहा है। कुछ समय पहले एक महिला आश्रम में आई, उसके तीन बच्चे थे और उसके पति को माओवादियों ने मार दिया था। बाद में वह आर्ट ऑफ़ लिविंग की टीचर बनी और जब वह वापिस लौटी, तो वह माओवादियों को ही सुदर्शन क्रिया और प्राणायाम सिखाने लगी। माओवादी बहुत हैरान थे। उन्होंने उससे पूछा – 'आप हमसे नाराज़ नहीं हैं, हमने आपके पति की हत्या की है?' वह बोली – 'नहीं, आपको पता नहीं था कि आपने क्या किया। मैं चाहती हूं कि आप वह ज्ञान पा लें'। उन्होनें सुदर्शन क्रिया सीखी और हिंसा के पथ को हमेशा के लिए छोड़ दिया। वे उसके सामने बच्चों की तरह-तरह फूट कर रोए। उस महिला ने जिस तरह यह घटना सुनाई, वहां मौजूद सभी लोगों की आंखें नम हो गईं। वहां उपस्थित दो हज़ार लोगों की आंखों में आंसू थे। यही प्रज्ञा की शक्ति है। यह लोगों को एक साथ बांधती है।

किसी भी अच्छी चीज़ को आरंभ करने के लिए तीन बातें हो सकती हैं – लालच, भय या प्रेम। पहला, अगर कोई कहता है कि वह आपको अभ्यास न छोड़ने के लिए एक मिलियन डॉलर देगा, क्या आप करेंगे? आप कहेंगे – 'मैं तो पांच दिन तक और कर लूंगा, ताकि कोई कमी न रहे।' यदि आपने किसी प्रिय से वादा किया हो कि आप धूम्रपान नहीं करेंगे, तो आप वादा निभाने की पूरी कोशिश करेंगे। यदि आपका डॉक्टर कहे कि यदि ऐसा किया तो आपके प्राण जाते रहेंगे, तो भी आप सिगरेट पीना छोड़ देंगे। मैं लोभ या भय पर प्रेम को प्राथमिकता देता हूं।

नौवां विश्राम लें

गहन ऊर्जा के स्त्रोत को तलाशें

मुद्रा योग में हाथों व अंगुलियों द्वारा मुद्राएं बनाई जाती हैं। हज़ारों वर्षों से भारतीय नृत्य में इनका प्रयोग किया जाता रहा है, जिनमें नर्तक स्वयं को न केवल शारीरिक भाव-भंगिमाओं से प्रकट करते हैं अपितु अंगुलियों द्वारा भी मुद्राएं बनाई जाती हैं। वे इन मुद्राओं के माध्यम से नृत्य की कथावस्तु को प्रस्तुत करते हैं। इसके अतिरिक्त पारंपरिक रूप से ये हाथों व अंगुलियों की मुद्राएं शरीर में गहन ऊर्जा प्रवाह को भी प्रभावित करती हैं। हमारी अंगुलियों के पोरों में हज़ारों स्नायु के सिरे होते हैं और हाथों-पैरों के रिफ़्लैक्स ज़ोन पूरे शरीर के अंगों व मांसपेशियों से संबंध रखते हैं। तो इस प्रकार वे भी हमारी श्वास की तरह ही उपयोगी साधन हैं। हमें तनाव से जो तत्काल राहत दे सकता है, उसे तो सदा हम साथ ही ले कर चलते हैं। सबसे अहम बात यह है कि हमें पूरी सजगता के साथ श्वास व हाथों का प्रयोग करना है। मुद्राओं का प्रभाव कूट व गहन है तथा चिकित्सकीय रूप से प्रमाणित नहीं है। यद्यपि इसका अर्थ यह नहीं कि उनका प्रभावी प्रयोग नहीं हो सकता। विचार भी तो गहन रूप में ही होते हैं, वे भी क्रियान्वित होने के बाद ही वास्तविक रूप ग्रहण करते हैं। यदि आप कंप्यूटर पर काफ़ी लंबे समय तक काम करते हैं, तो अनुमान लगा

सकते हैं कि हाथों की मालिश से कितना आराम और ताज़गी मिलती होगी। इसके बाद आपके हाथों से सहज भाव से काम होता है और आप स्वयं को मानसिक रूप से भी सहज व तरोताज़ा पाते हैं।

अपनी रीढ़ की हड्डी सीधी रखते हुए कुर्सी पर आराम से बैठें, हाथ जंघाओं पर टिके हों और हथेलियां ऊपर की ओर हों। गहरी सांस लेते हुए पूरा ध्यान शरीर पर केंद्रित रहें। प्रत्येक मुद्रा को आठ से दस धीमी व गहन श्वासों के साथ बनाए रखें।

चिन मुद्रा

तर्जनी व अंगूठे के पोरों को हलका-साा स्पर्श करते हुए, मध्यमा, अनामिका व कनिष्ठा को फैलाएं, हाथ जंघाओं पर टिके हों और हथेलियां ऊपर की ओर हों। यह मुद्रा नाभि व गले के बीच के हिस्से के लिए लाभदायक है।

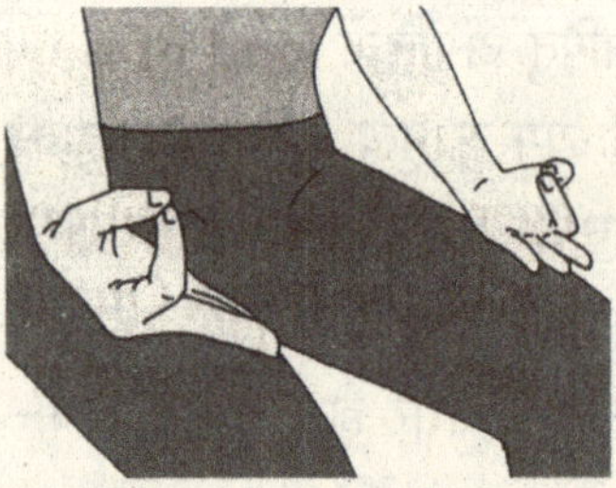

चिन्मय मुद्रा

चिन मुद्रा को ही बनाए रखते हुए, मध्यमा, अनामिका व कनिष्ठा को हथेली में मोड़ लें। यह मुद्रा गले व माथे के बीच के क्षेत्र के लिए लाभदायक है।

आदि मुद्रा

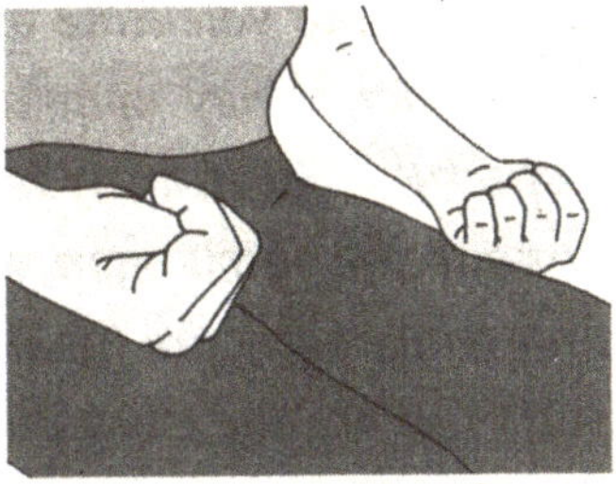

हाथ जंघाओं पर टिके रहें। अंगूठे को हथेली में रखें और अंगुलियां अंगूठे के ऊपर बंद कर दें। हथेलियां ऊपर की ओर हों। यह मुद्रा सिर के क्षेत्र के लिए लाभकारी है।

मेरूदंड मुद्रा

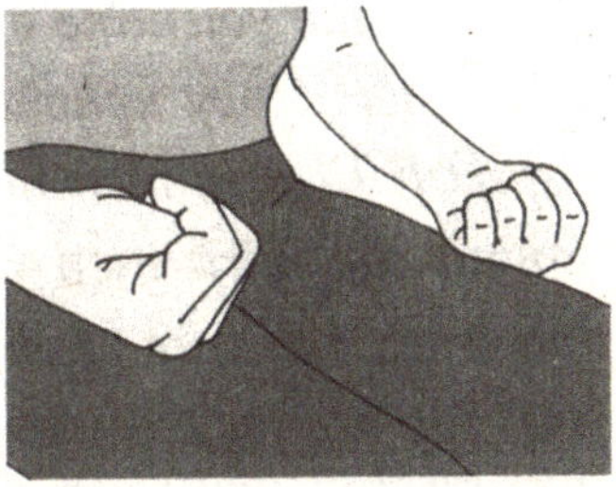

अंगुलियां मुट्ठी में भिंची हों, मुट्ठी ऊपर की ओर खुले और उसका निचला हिस्सा जंघा पर टिका हो। अपने अंगूठों को जितना हो सके सीधा फैला दें। यह मुद्रा कूट ऊर्जा माध्यमों से पूरे मेरूदंड को ऊपर से नीचे तक ऊर्जा प्रदान करती है।

ध्यान के साथ भी इन मुद्राओं का अभ्यास किया जा सकता है।

तनाव रहित जीवन के लिए श्री श्री की प्रज्ञा

दयालुता के कार्य बार-बार करें

स्व में स्थित होने पर आप पूरे संसार के लिए प्रिय हो जाते हैं। आत्मा पदार्थ की प्रिय है तथा पदार्थ आत्मा का प्रिय है। वे दोनों

एक-दूसरे के लिए ही बने हैं। वे एक-दूसरे का सहारा बनते हैं। यदि आप आत्मा को आदर नहीं देते, तो इससे पदार्थ भी प्रसन्न नहीं होगा। यदि आत्मा को आदर मान देते हैं, तो आप संसार की भी क़द्र करेंगे और जब आप संसार की क़द्र करेंगे, तो वह आपका ध्यान रखेगा। आप एक क्रिसमस वृक्ष हैं। वर्ष के जिस समय में जब किसी भी पेड़ पर कुछ नहीं होता तो इसके पास सबको देने के लिए उपहार होते हैं। एक क्रिसमस वृक्ष पर वे सारी रोशनियां व उपहार होते हैं, जो आप अपने जीवन में दूसरों के लिए लेकर चल रहे हैं। आपके पास जो भी आता है, आप उसे उपहार देते हैं। जब आप अपनी दयालुता दिखाते हैं, तो आपका अपना सच्चा स्वभाव सामने आता है। क्या आपने कभी कोई अपेक्षा रखे बिना भलाई या दया का कोई कार्य किया है?

हमारी सेवाएं यांत्रिक नहीं होनी चाहिए। एक बार कुछ स्काउट लड़के रविवार सेवा के लिए उपस्थित थे। जब पादरी ने कहा – 'तुम्हें सेवा करना चाहिए।' उन्होंने पूछा – 'यह सेवा क्या है? क्या आप हमें कुछ उदाहरण दे सकते हैं?' पादरी ने कहा – 'मान लो कि कोई बूढ़ी महिला सड़क पार करना चाहती है, तो तुम उसे सड़क पार करवाने में मदद कर सकते हो।'

तो लड़कों ने इस बात का ध्यान रखा, परंतु पूरे एक सप्ताह तक कोई भी बूढ़ी महिला ऐसी नही दिखी, जो सड़क पार करना चाहती हो। आख़िर में चार लड़कों को फुटपाथ पर चलती महिला दिख ही गई। एक लड़के ने उसके पास जा कर पूछा – 'मैडम! क्या आप सड़क पार करना चाहेंगी?' वह मुड़ कर बोली – 'नहीं।' लड़के मायूस हो गए। दूसरे लड़के ने भी यही बात पूछ ली। उसे लगा कि शायद

पहले वाले ने तरीक़े से न पूछा हो। अब तो महिला उलझन में पड़ गई। वह सोचने लगी कि बच्चे ऐसा क्यों पूछ रहे थे। तब उसने कहा कि वे उसे सड़क पार करवा ही दें। जब वे सड़क के दूसरी ओर आ गए, तो तीसरे लड़के ने पूछा कि क्या वह सड़क पार करना चाहेंगी। फिर जैसे ही चौथे लड़के ने आकर यही बात पूछी तो वह महिला चिल्ला कर वहां से भाग खड़ी हुई।

आपको दयालुता के कामों की योजना बनाने की आवश्यकता नहीं है। बस कुछ ऐसा करें जिसे आप निरंतर कर सकें। बार-बार दयालुता के कार्य करने से आप अपने ही सच्चे स्वभाव के संपर्क में आ जाएंगे।

असंभव का स्वप्न देखें

जब तक आप कोई सपना नहीं देखते, तब तक उसे पूरा नहीं कर सकते। प्रत्येक अविष्कार एक सपने से ही निकला है। असंभव का सपना देखें। यह सच ही है कि सपना कुछ ऐसा दिखाता है, जो आपके तयशुदा क्षमता से कहीं अधिक होता है। कुछ सपने आपके रोज़मर्रा के जीवन को प्रभावित करते हैं, तो कुछ नहीं करते। कुछ सपने आपको याद रहते हैं, तो कुछ भूल जाते हैं।

हम सबने इस संसार में कुछ अद्भुत और अनूठा करने के लिए ही जन्म लिया है। इस अवसर को हाथ से जाने न दें। स्वयं को सपना देखना और कुछ बड़ा सोचने की पूरी आज़ादी दें। अपने प्रिय सपनों को साकार करने का पूरा साहस बनाए रखें। कई बार बड़े सपने देखने वालों की खिल्ली उड़ाई गई, पर वे अपने हठ पर डटे रहे और सपनों को साकार करके ही दम लिया।

कोई रचनात्मक कार्य करें। एक भी वर्ष ऐसा नहीं बीतना चाहिए, जब आपने कुछ रचनात्मक नहीं किया हो।

अनुभव करें कि मुझ पर ईश्वर की कृपा है

सफलता के बारे में बड़ी-बड़ी बातें होती हैं। क्या आपने कभी सोचा कि सफलता क्या है? अपनी ही क्षमताओं के बारे में अज्ञानता ही तो सफलता है, क्योंकि आप कल्पना कर लेते हैं कि आप केवल इतना ही कर सकते हैं। यदि कोई बाधाएं आती हैं, तो आप अपने उद्देश्य के बारे में स्पष्ट होते हैं। सहज व शांत मन के साथ दूसरी संभावनाओं पर विचार करें। यह जानें कि असफलताएं ही महान सफलता की पायदान होती हैं। दरअसल जीवन में कोई असफलता होती ही नहीं। ये सब सफलता की राह में आने वाले पायदान हैं। यदि आपको बाधाएं अधिक लगें, तो गहन प्रार्थना के बल पर चमत्कार घट सकते हैं। 'मुझ पर प्रभु की कृपा है'। यह भाव ही बाधाओं से उबरने में सहायक होगा। एक बार यदि यह एहसास हो जाए, तो फिर किसी भी तरह की शिकायत की गुंजाइश ही नहीं रहती। सारी परेशानी गायब हो जाती है। सारी असुरक्षाएं जाती रहती हैं। प्यार न मिल पाने का भाव भी तिरोहित हो जाता है। प्यार की चाह भी नहीं रहती।

अहं हमेशा से ही महत्वाकांक्षी होता है और माउंट एवरेस्ट पर चढ़ने जैसे काम करना चाहता है। जबकि एक तितली को देखने, पौधों को पानी देने, आकाश या पक्षियों को देखने जैसे छोटे-छोटे कामों से ही मन को अपार शांति मिल सकती है और यह प्रशांति आपको आपके स्रोत से जोड़ती है। क्षुद्र लगने वाले छोटे काम भी

गहन शांति और आराम देते हुए नए आयाम खोलते हैं। बस अपने खोल से बाहर आएं और मुक्त अनुभव करें।

एक कहावत है – प्रत्येक सफल व्यक्ति के पीछे एक औरत का हाथ होता है। मैं इसमें संशोधन करना चाहूंगा – प्रत्येक सफलता के पीछे एक दैवी वाक्य होता है, 'मैं तुम्हारे पीछे हूं।'

आध्यात्मिक परिपक्वता — प्रबोध हमारा अपना अंतर्जात स्वभाव है

आज जो भी हैं, संसार आपको उससे भी बेहतर मानता है। यदि आप स्वयं को 100 प्रतिशत अच्छा मानते हैं, तो संसार आपको 200 प्रतिशत अच्छा मानता है। जगत सदैव आपका मान करता है। आप संसार का मान करते हैं और यही आप पर प्रतिबिंबित होता है। हम सबको मिलकर एक ऐसे समाज के लिए काम करना होगा जो हिंसा रहित हो। प्रत्येक मनुष्य का यह जन्मसिद्ध अधिकार है कि उसे तनाव रहित मन ओर वर्जना रहित बुद्धि मिल सके। स्मृति किसी भी तरह के सदमे से परे होनी चाहिए और आत्मा शोक रहित होना चाहिए। इस इच्छा को वास्तविकता में बदलने के लिए हम सबकी आवश्यकता होगी, क्योंकि हम सब एक ही जगत हैं, एक ही परिवार हैं। यह ज्ञान किसी एक समुदाय, धर्म या राष्ट्र का नहीं, यह तो पूरे संसार से संबंध रखता है।

लक्ष्य यही है कि आपके चेहरे पर कभी न मुरझाने वाली मुस्कान आ सके, एक ऐसी मुस्कान जिसे कोई छीन न सके। एक ऐसी शांति जो बड़ी सहजता से दूसरों तक भी पहुँच सके। ऐसा प्रेम जो कभी

नष्ट नहीं होता। इसी शक्ति में आप फलते-फूलते हैं। बेहतर होगा कि आप स्वयं लक्ष्य की चिंता न करें।

बस आप इस क्षण में जीएँ, आप पाएँगे कि आप तो एक ऐसी स्वचालित सीढ़ी पर सवार हैं, जो आपको स्वयं ही ऊपर ले जा रही है। आपको कुछ नहीं करना। सीढ़ियाँ स्वयं ही आपको वहाँ ले जाएँगीं।

एक ऐसी भाषा होती है, जिसे सभी समझते हैं, यहाँ तक कि जानवर और पौधे भी, और वह है दिल की भाषा। इसके लिए आपको शब्दों की आवश्यकता नहीं होती, आपकी उपस्थिति ही संप्रेषण के लिए पर्याप्त होती है। आपकी उपस्थिति से ही प्यार झलकता है। जब हम पैदा होते हैं, तो यह ख़ूबी जन्मजात होती है, किंतु बड़े होते-होते हम इसे खो देते हैं।

इस पुस्तक में दिए गए अभ्यासों की मदद से आप अपने आसपास की ऊर्जापूर्ण तरंगों को अधिक स्पष्टता से देख पाएँगे।

आपके आसपास जो भी घटता है, आपको प्रभावित करता है। हालांकि इसके विपरीत भी इतना ही सच है, आप जो भी करते या सोचते हैं, वह दूसरों को भी प्रभावित करता है।

अब आपने स्वयं को उन प्रक्रियाओं को देख लिया है जो आपके लिए व्यक्तिगत आध्यात्मिक तनाव प्रबंधन कर सकती हैं और साथ ही आपने अपने ही अनुभव की शक्ति को भी महसूस कर लिया है, कोई भी किताबी ज्ञान इसके मुक़ाबले खड़ा नहीं हो सकता और यह अच्छा भी है, क्योंकि केवल आपका अनुभव ही आपको समझा बुझा कर जीवन में आगे बढ़ने की प्रेरणा दे सकता है। किसी भी तरह के

स्वादिष्ट फल को चखे बिना केवल वर्णन से उसका स्वाद नहीं जाना जा सकता। इसके लिए तो आपको फल खाना ही होगा। आध्यात्मिक अभ्यास व निरंतर अभ्यास आपको उसे मौन, आंतरिक शून्यता व अपने ही होने के आनंद और शांति के बीच ले जाता है। अभ्यास करें, गहरी श्वास लेने का कोई अवसर हाथ से जाने न दें। हमेशा आरंभ के लिए एक सही क्षण होता है, बस अभी से आरंभ कर दें। चाहे आपके पास थोड़ा सा ही समय क्यों न हो। अभ्यास के इस कीमती समय को सप्ताहांत पर न टालें। अपने रोज़मर्रा के जीवन में प्रतिदिन इसे करने के लिए कई बार वक़्त निकालें। फिर चाहे आप कार्यालय में हों या घर में, सड़क पर हों या यात्रा कर रहे हों।

अभ्यास के केवल कुछ ही मिनट काफ़ी बड़ा बदलाव ला सकते हैं। मैं जानता हूँ कि इसमें आरंभ में थोड़ा समय लगेगा पर आप इसका भरपूर लाभ भी पाएँगे। इन पंक्तियों को पढ़ने के दौरान ही अभी आराम से बैठ जाएँ, पूरी सजगता के साथ गहरी सांस लें और हाय की ध्वनि के साथ सांस छोड़ें। ऐसा कई बार करें। आपने आधा अभ्यास तो अभी ही कर लिया।

कोई भी नई दिनचर्या अपनाने में थोड़ा समय लगता है, इसलिए धैर्य बनाए रखें, इसका फल भी आप ही पाएँगे। कुछ ही सप्ताह में आपको इसका इतना अभ्यास हो जाएगा कि इसके अभाव में काफ़ी खालीपन महसूस होगा। अभी से इसे करने का निर्णय लें, आप इसे अपने लिए करने जा रहे हैं।

निरंतर अभ्यास से ही वह बदलाव आएगा, जो तार्किक बाएँ मस्तिष्क गोलार्द्ध को रचनात्मक दाईं ओर ले जाने से आता है। इससे आंतरिक समत्व का भाव पैदा होगा। अपने ऊपर, जीवन पर तथा

अपनी आंतरिक शक्ति पर भी भरोसा कायम हो पाएगा। कोई भी पुस्तक आपके लिए यह कार्य नहीं कर सकती।

आध्यात्मिकता को हमारे सामाजिक जीवन का एक अंग बनना ही होगा। मैं इस बात से पूरी तरह सहमत हूँ। आज से क़रीब पच्चीस वर्ष पहले तक योग का शब्द लोगों के लिए कुछ अनजाना सा था पर आज बच्चा-बच्चा इसके बारे में जानता है। इसी तरह आप जीवन के प्रत्येक पहलू में गहरी श्वास के लिए समय निकाल सकते हैं। इसके लिए गुणवत्ता समय चाहिए और यह तभी हो पाएगा, जब आप श्वास पर ध्यान देंगे। आप दिन में एक या दो बार ध्यान का अभ्यास कर सकते हैं। इस तरह प्रत्येक गाड़ी या विमान की यात्रा भी श्वसन व्यायाम के लिए एक स्थान बन सकती है ।

प्रबोध अपने आप में एक चुटकुले की तरह ही है। यह उस मछली की तरह है, जो सागर में रहते हुए, सागर को ही तलाश रही है। प्रबोध हमारे ही अस्तित्व का सार है, हमें उसी सार व मूल से अपने जीवन को जीना चाहिए। हम मौन के साथ जन्मे थे, परंतु बड़े होते-होते हमने मौन को खो दिया और स्वयं शब्दों की भीड़ में गुम हो गए। हम अपने दिलों में रहते थे, पर समय बीतने के साथ-साथ दिमाग़ तक आ गए। अब इस वापसी यात्रा का नाम ही प्रबोध है। इस यात्रा में हमें दिमाग़ से दिल की ओर जाना है। अ-प्रबोध की परिभाषा बेहद सरल है। कुछ बातें आपको सीमित कर देती हैं, जैसे मैं इस स्थान से संबंध रखता हूँ, मैं उस सभ्यता से हूँ, मैं इस धर्म से संबंध रखता हूँ। यह तो वही बचकानी बात हुई कि 'मेरे पापा तेरे पापा से अच्छे हैं' या 'मेरा खिलौना तेरे खिलौने से अच्छा है।' मेरा तो यही मानना है कि पूरी दुनिया के तक़रीबन लोग उसी मानसिक आयु

वर्ग में उलझे हैं बस खिलौने बदल गए हैं। व्यस्क कहते हैं – 'मेरा देश तेरे देश से अच्छा है' ईसाई कहेगा – 'मेरी बाइबिल सच्ची है।' हिंदू कहेगा – 'वेद सच्चे हैं। वे बहुत प्राचीन हैं।' मुसलमान कहेंगे – 'कुरान अल्लाह का आख़िरी शब्द है' हम किसी चीज़ को शोभा या यश इसलिए देना चाहते हैं, क्योंकि हम उससे जुड़े हैं। यह वर्णन केवल उसके लिए नहीं है। यदि कोई युगों से चलती आ रही प्रत्येक वस्तु का श्रेय लेते हुए माने कि सब कुछ उससे ही संबंध रखता है तो यही सच्ची परिपक्वता होगी। 'यह मेरी संपदा है, क्योंकि मैं उस दिव्य से संबंध रखता हूँ' दैव समय व स्थान के अनुसार विभिन्न स्थानों पर अलग-अलग ज्ञान प्रदान करते हैं। कोई पूरे ब्रह्माण्ड का ज्ञाता बन कर कह सकता है 'सभी ख़ूबसूरत फूल मेरे ही बाग़ के हैं।' आप आत्मा व पदार्थ दोनों ही हैं। आपका शरीर पदार्थ से बना है – कार्बोहाइड्रेट, खनिज लवण व अमीनो एसिड आदि। आपकी आत्मा शांति, आनंद, उत्साह, बुद्धि व क्रोध जैसी विकृतियों से बनी है। जो कुछ भी आत्मा को संवारे, वही आध्यात्मिकता है। जो कुछ भी आपके भीतर ऊर्जा उत्पन्न करे, वही आध्यात्मिकता है। जो कुछ भी आपको बुद्धिमान बनाए, वही आध्यात्मिकता है। जो कुछ भी आपकी जीवनी शक्ति को उन्नत करे, वही आध्यात्मिकता है। करुणा व सहज स्नेह का भाव लाने वाली कोई भी क्रिया आध्यात्मिकता है। जो भी आपको ब्रह्माण्डीय ऊर्जा से जोड़ सके, वही आध्यात्मिकता है।

इनका उदाहरण देने के लिए मैं आपके सामने श्री श्री द्वारा दिए गए तीन नियम प्रस्तुत कर रही हूँ। आध्यात्मिकता के इन आधारभूत नियमों का सार संक्षेप प्रस्तुत है –

आध्यात्मिकता के नियम

1. स्वयं को दोष देना बंद करें

अध्यात्म के पथ पर यह पहला नियम है। स्वयं को तथा दूसरों को दोषी न ठहराएँ। स्वयं को ग़लत न कहें – 'मैं अच्छा नहीं हूँ', 'मैंने यह सही नहीं किया' या 'मेरी यह कमज़ोरी है'। यदि आप स्वयं को दोषी ठहराते रहे, तो कभी आध्यात्मिक नहीं बन पाएँगे। जीवन में अच्छी और थोड़ी कम अच्छी घटनाएँ घटती ही रहती हैं। यदि ख़ुद को ही ग़लत मानते रहे, तो अपनी मुस्कान व आत्मविश्वास दोनों ही खो देंगे, फिर क्रोध और कुंठा सामने आ जाएगी और इससे हिंसा का प्रस्फुटन होगा। हिंसा से आत्मघात की प्रवृत्ति उत्पन्न होती है।

2. दूसरों को दोष देना बंद करें

प्रत्येक व्यक्ति एक डाकिए की तरह आपको पत्र या पार्सल पहुँचा रहा है। यदि आप मिर्चों का ऑर्डर देने के बाद मिठाई आने की उम्मीद लगाए बैठे हैं, तो यहाँ दोष माल पहुँचाने वाले का नहीं, बल्कि आपका है। यदि आप किसी को उसकी ग़लती का एहसास दिलाना भी चाहें, तो गुस्से में बात करने के बजाए प्यार व सावधानी से बात करें। चाहे आपकी बात में दृढ़ता हो, पर चेहरे पर मुस्कान और करुणा के भाव होने चाहिए।

3. पूरा संसार आपका परिवार है और आपके कोई शत्रु नहीं हैं

यह आध्यात्मिकता का तीसरा नियम है। यदि आप पूरे संसार को

अपने परिवार के रूप में नहीं स्वीकार सकते, तो इस बात से आरंभ करें कि 'मेरा कोई शत्रु नहीं है' तब आपके जीवन में एक ऐसी शांति का उदय होगा, जिसे आपसे कोई नहीं छीन सकेगा।

कुछ लोग केवल सागर किनारे टहलने जाते हैं। कुछ पानी में डुबकी लगाते हैं, तो कुछ उससे भी अधिक चाहते हैं। कुछ स्कूबा ड्राइविंग करते हैं, तो कुछ सर्फिंग करते हैं, कुछ तेल निकालते हैं, तो कुछ सीपियाँ और मोती निकाल लाते हैं, वे केवल पानी में पैर भिगो कर ही संतुष्ट नहीं होते। वे जानते हैं कि सागर के पास उन्हें देने के लिए बहुत कुछ है।

आध्यात्मिक गुरु एक सागर की भांति ही होता है – कुछ लोग केवल प्रणाम कर आगे चल देते हैं, तो कुछ उनसे और अधिक चाहते हैं।

●●●

यदि आप ई-मेल के माध्यम से,
मुझसे व्यक्तिगत तनाव प्रबंधन
से जुड़े अनुभव बांटेंगे, तो मुझे
प्रसन्नता होगी –

atempause@j-kamphausen.de

आभार

मैं उन सब लोगों को धन्यवाद देना चाहूंगी जो इस पुस्तक लेखन के दौरान मुझे हर संभव सहायता देते रहे। आप सबके सहयोग के बिना इस पुस्तक को इतने कम समय में लिखना संभव न हो पाता। पुस्तक लेखन के दौरान मेरे सहायकों की सूची में, मैं सबसे पहले एंड्रिया, बर्गिट, बीट, डायना, आयरना और विक्टोरिया को धन्यवाद देना चाहूंगी। आप सब इस पथ पर मेरे निरंतर सहयात्री रहे, चाहे वह शोध हो या आलोचनात्मक प्रश्नोत्तर या फिर पहला संपादन!

मारियन नैंटविग, एक बहुत बड़ा धन्यवाद! तुम्हारे बिना तो इस पुस्तक का अस्तित्व ही न होता। बहुत अच्छा साथ निभाने के लिए स्टीफेन एरेंसस्क्वैंडर का आभार प्रकट करती हूं। सुंदर कवर डिज़ाइन के लिए एषणा रॉय और पुस्तक के संपादन के लिए राघव खट्टर का धन्यवाद! इसके अतिरिक्त मैं जुरगा पिक्यूट, डॉ. क्रिस्टियन जानज़ैन, सैंड्रा जानज़ैन, टीना स्क्यू, डॉ. रॉबर्टो सेन लोरेंज़ो व डॉ. फ़ाहरी सैटीसिओगलु को चिकित्सीय व मनोवैज्ञानिक मामलों में सहयोग के लिए धन्यवाद देती हूं।

इस अवसर पर मैं अपने गुरु व पथ के सहभागी श्री श्री रवि शंकर जी के प्रति भी हार्दिक आभार प्रकट करती हूं।

नोट्स

नोट्स

नोट्स

नोट्स

नोट्स